보고 싶은 사람들
모두 보고 살았으면

보고 싶은 사람들
모두 보고 살았으면

안대근

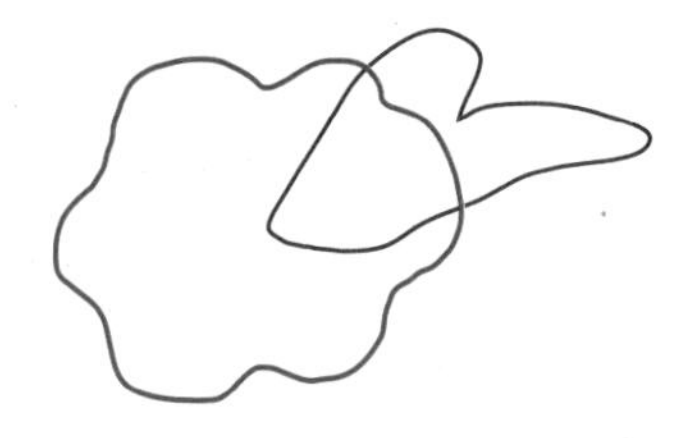

달

상심이 반복되는 순간에도
좌절로 나아가지 않는 이유가,
보고 싶은 사람들에게 있다.

table of contents

보고 싶은 마음 … 012

로맨스 … 014

그 사람에게, 꼬박 … 019

그런 사람과의 한강 … 022

안 씻고 침대에 눕는 사람 … 025

매일매일 슬픔을 간직하는 사람 앞에서 … 029

상심이 반복되는 순간에도 좌절로 나아가지 않는 … 034

順女 … 040

메이커 교복 … 048

말씀카드 … 052

엄마의 매일매일 … 056

인력 사무소 … 064

엄마 카드 … 067

호의가 통하는 사이 … 070

다음에 … 075

언플러그드 보이 … 076

대여점 시대의 끝자락 … 079

유니콘 … 084

무공해가 되자 … 092
내 인생의 송송회장 … 098
하얀 쌀밥처럼 포근한 사람에게 … 103
나만 아는 비밀 같아서 … 107
과정을 잃어버리는 사람 … 110
그루브 … 112
오줌 참기 … 118
샌드위치 인생 … 121
무릎을 베고 누우면 … 128
사소한 좌절 … 134
낭비에 낭비가 더해져서 내 하루가 방탕해지더라도 … 138
숫자들이 주는 위로 … 142
닮은 우리가 함께 … 147
수박 같은 사람들 … 150
수수하지만 굉장한 … 155
뒷모습의 초상권 … 160
반쪽짜리 배려 … 164
토요일의 기상 시간 … 168

비 원어민의 사랑 … 174
나와 비슷한 사람과의 연애 … 180
겉옷처럼 좋아한 사람 … 183
어떻게 고양이를 안 좋아할 수가 있나요 … 185
티 안 나게 한 발짝 … 194
여유롭게 사는 사람을 좋아했다 … 199
가방을 무겁게 메고 다니는 사람 … 204
어차피 젖을 비라고 해도 우산을 안 쓸 수는 없습니다 … 208
삿포로 TV 타워 … 214
편지를 쓰기에 가장 좋은 시간 … 219
대답하기 어려운 질문 … 223
미워할 용기가 없는데요 … 227
책을 선물 받는 일 … 233
한 달 전부터 적는 생일카드 … 238
어른이 되어 만드는 친구 … 242
당신의 친구들을 소개해주면 좋겠습니다 … 244
보물찾기 … 246
알려주지 않아도 알게 되는 일들 … 249

귤 껍질 … 250
퇴근길 … 253
마음만큼 말이 빠르지 않은 사람 … 255
지각 … 256
지금, 옆 … 258
같은 계절을 반복하는 사이 … 259
애써 붙잡는 마음 … 262
우리들의 딸기 … 266
기다리는 마음 … 267
터널 … 268
잡지처럼 좋아하는 마음 … 270
다정을 조심 … 272
나 있이, 변함은 없이 … 273
Almond blossom … 274
보석과 마음과 편지 … 276

보고 싶은 마음

보고 싶다는 말을 자주 하면 꼭 가벼운 애정을 키우는 것 같아서 언제나 걱정이다. 그렇다고 참지는 못하고 그 말을 내뱉고 나서 또 걱정한다.

보고 싶은 마음에도 여러 종류가 있다. 말하고 뒤돌아서면 눈앞이 막막해질 만큼 보고 싶은 마음도 있고, 열 번 전송하면 한 번 답장이 오는 보고 싶은 마음도 있겠지만, 이건 나를 생각해주는 사람을 내가 보고 싶어하는 마음이다.

재지 않아도 괜찮은 보고 싶은 마음.

크기를 알아주지 않아도 고마운 보고 싶은 마음.

이런 내 마음이 흐드러지지 않게, 모아서 차곡차곡 정리해 놓는 사람을 보고 싶은 마음.

로맨스

사랑을 증명하기 위해 어떤 일까지 할 수 있어?

우리는 왜 좋아하는 마음을 증명하기 위해 어려운 일을 기꺼이 하는 사람이 될까. 소설을 읽다가 주인공이 사랑을 증명하기 위해 하는 행동들을 보며, 바보같다고 생각하면서도 그 마음이 이해가 가 먹먹해졌다. 잠깐 책에서 눈을 떼고, 내 앞에서 감자튀김을 먹고 있는 친구에게 물었다.

"나는 좋아하는 사람을 위해서라면 어쩌면, 죽을 수도 있을 것 같아. 너는 어디까지 가능해?"

"나는 죽는 건 싫어. 누군가를 위해 죽고 싶지는 않아. 다만 그 사람을 제외한 다른 모든 관계는 포기할 수 있을 것 같아. 그 사람이 정말로 좋다면."

질문을 하면서도 마음이 편치는 않았다. 도대체 누가 사랑에 증명이라는 말을 갖다붙인 걸까. 서로 어울리지 않는 단어들을 합쳐 발음할 때 글맛이 좋아진다던 어느 카피라이터의 강연을 듣는 기분이었다. 아니, 사랑을 증명해야 하는 경우가 왜 생기는 거야? 영화도 아니고, 사랑을 증명해보라는 말은 살면서 단 한 번도 듣지 못할 텐데 나는 왜 생기지도 않을 일을 가정하고 있는 거야?

답은 뻔하다. 사랑을 증명하는 일은 상대가 원해서가 아니라 내가 원해서 하게 된다. 내 마음을 어떤 식으로든 증명해서 그 마음에 들고 싶었던 거니까.

사랑을 증명하기 위해 해 보이는 그 어떤 일들도 나에겐 가능의 영역으로 보였다. 그게 어떤 일이든 고작 이 정도로 내 애정의 크기를 증명할 수 있어서 다행이라는 생각이 먼저 들었으니까. 물론 나를 위해 자신이 어려워하는 일들을 기꺼이 해주는 사람들도 있었다. 멀미가 심하다면서도 함께 버스를 타주던 사람이나, 높은 베개를 싫어한다면서도 나의 높은 베개를 베고 잠들던 사람. 그들이 커다란 눈으로 날 바라보며 웃어주었는데 그런 순간에는 행복하면서도 마음이 쓸쓸했다.

나는 그들을 위해 기꺼이 해주고 싶은 것들이 많아서, 그런 일들의 목록을 훑으며 사실 그렇게 어렵지 않은 일이라고 생각했지만, 어려운 척을 했다. 사랑을 증명하기 위해 조금은 애써서 하는 일처럼 느껴졌으면 해서.

내가 기꺼이 해주고 싶지만 해줄 수 없는 일들은 이런 거다.

— 원하는 것을 솔직하게 한 번에 말하기

— 단번에 마음을 정리하기

— 멀어졌으면 좋겠다는 말을 들었을 때 그 이유를 생각해 보지 않기

김봉곤의 소설 「Auto」에서 가끔씩 느껴지는 지독한 편도결석의 냄새마저 감당할 수 있을 만큼의 사랑에 대한 이야기를 읽었다. 맞아, 그게 진짜 사랑이지, 라고 생각하면서 뽀뽀할 때마다 비릿한 잇몸 냄새가 났던 사람을 기억했다. 또 누

군가는 트위터에서 그런 말을 했다. 나 스스로 정해놓은 엄격한 기준이 단 한 사람에게만 예외가 될 때가 있는데 그게 사랑이라고. (이것도 맞지, 맞아!)

언젠가는 달라지길 빌었다. 좋아하는 마음을 증명하기 위해 내가 하기 싫은 일을 해내는 것이 아니라, 좋아하는 마음이 있기에 하기 싫은 일들도 해내게 되는 날들이 왔으면 좋겠다고. 사랑하는 사람 때문에 내가 하기 싫은 일을 구태여 하는 일은 없을 것이다. 그건 이미 하기 싫은 일이 아닐 테니까. 다만 어쩔 수 없이 해야만 하는 마음이 아픈 일들, 나를 주눅들게 하는 일, 무자비한 스피드로 닥쳐와 감당하기 어려운 것들을 마주할 때, 사랑이 모든 가능성의 증거가 되어줄 거라는 희망을 품게 됐다.

점심을 먹으러 가는 길에, 회사 팀장님께 김사월의 노래 〈로맨스〉를 아느냐고 물어봤다. 가사가 너무 좋다고 호들갑을 떨었다. 팀장님은 모르는 노래라고 했다. 나는 되게 유치한 사람인데, 특히 좋아하는 걸 숨기지 못하고 또 자랑하고 싶은 걸 마음에 품은 채 꾹 참고 있을 땐 더욱 그렇다. 마치 열

살짜리 아이 같다.

'내 마음 받으러 올래? 난 운전은 못하니 네가 가지러 와. 엄청 많으니까 아무때나 찾아 와.' 첫 소절부터 엄청나다며 내가 보여준 가사를 읽고서는 팀장님도 너무 좋다고 까르르 웃었다.

"지금 제 인생에서 사랑이 지니고 있는 무게를 재본다면 너무나 가벼울지도 모르지만 마음속에 얼마나 많은 사랑의 모양을 간직하고 있는지는 쉽게 알아챌 수 없을 거예요. 저는 사랑이 모든 걸 이긴다고 생각해요. 저는 사랑에 정말 서툴지만, 연애도 정말 못하지만, 세상에서 제일 강한 건 분명 사랑이라고 생각해요. 사람이 살고 또 죽고 싶다고 생각하게 만드는 것도 분명히 사랑일 거예요. 서른 살을 넘게 살면서 확실하게 알게 된 하나예요. 앞으로 또다른 완벽한 명제들을 만나게 되겠지만, 그렇다고 사랑에 관한 내 생각이 틀린 건 아닐 거라고 믿어요."

그 사람에게,
꼬박

1

처음으로 사귀었던 사람에게 그림책을 만들어줬다. 만드는 데 한 달이 꼬박 걸린 그림책이었다. '꼬박'이라는 말을 적으면 조금 머쓱해진다. 꼬박 좋아했던 마음을 알아주길 바랐던 게 지금에서야 미안해져서. 그림책을 받았을 때 그애의 표정은 어땠더라. 사실 잘 모르겠다. 어렴풋이 떠오르지만 단정할 수는 없는 표정이었다고 기억한다.

그림책은 아직 서랍 속에, 어쩌면 옷장 위 보물 상자에 잘 들어 있는지.

언젠가 '한국인의 특징을 알 수 있는 한 장의 사진'이라는 제목의 사진을 봤다. 엘리베이터의 열림 버튼에 비해 상대적으로 손때가 많이 묻은 닫힘 버튼 사진이었다. 부끄러운 고백이지만, 문이 닫히려는 찰나 밖에서 급하게 달려오는 누군가를 보고 열림 버튼을 눌러줄 때면 스스로 되게 괜찮은 사람처럼 느껴지고는 했다. 아직은 덜 못된 사람이구나 싶었다. 달려오는 누군가가 보이지 않는 대부분의 경우에는 여전히 타자마자 닫힘 버튼을 누르지만.

남을 위해 일 분의 시간을 쓰는 것도 망설이는 사람이 되어놓고서, 엘리베이터를 타면 바로 닫힘 버튼을 누르는 사람이 되어놓고서, 온종일 누군가를 생각한다는 것은 어떤 마음일까. 누군가를 위해 하루를 꼬박 쓸 수 있는 마음. 그런 하루를 꼬박꼬박 쌓아서 한 달을 만들고 일 년을 만드는 수고로운 마음. 아마도 그런 게 사랑의 마음 아닐까?

2

좋아하는 사람을 만났다. 어릴 적의 일기장 한 권을 그애에게 선물로 줬다. 영화를 보며, 책을 보며 발견한 좋아하는 구절과 장면들을 빼곡히 모아놓은 공책을 봉투에 넣어 노끈으로 묶었다. 나에게 소중한 것들을 그애에게 줬다. 어떤 기분으로 다가갈지도 모르면서 나에게만 소중할 수 있는 것들을 그애에게 준다. 그건 아마도 나의 전부일 텐데, 아무렇지 않게 전부를 준다. 사라지면 또 힘겹게 쌓아야 하는 전부를 준다.

주고 나면 잊어버려야 하는데, 빌려주고서 못 받은 돈처럼 자꾸 마음이 기운다. 언젠가, 나를 생각할지도 몰라. 그때 그애가 느낄 마음은 고마움 아니면 미안함 둘 중 하나겠지만, 나는 늘 좋아하는 마음을 바라서 염치가 없다.

그애를 좋아했다. 좋아하는 마음이 종이처럼 쌓여 책이 되었다. 대학을 졸업하고 회사를 다니고 어른이 되었다. 나는 그 과정 내내 행복하고 싶었다. 행복하고 싶어질 때마다 그애의 이야기를 적었다. 이 이야기 안에서 아무도 행복을 발견할 수 없을지도 모르지만 나에겐 세상을 견디는 힘이었다. 어떤 사람은, 어떤 추억은, 어떤 기록은 견디는 힘이 된다.

나에게 소중한 것을 그애에게 준다. 나에게만 소중할지도 모르는 것, 그 행복의 전부를 상대의 양손에 쥐여주는 일이 마지막이었으면 좋겠다. 더이상 나도 꺼내볼 수 없고, 상대도 꺼내보지 않는 것들을 또 만들지 않았으면 좋겠다.

그런 사람과의 한강

오늘 날씨 좋다—고 했더니, 옆에 있는 녀석이 말해줬다.

"날씨 때문에 기분이 좋아지거나 나빠지기 시작하면 나이가 든 거래."

근거 있는 얘기냐며 처음에는 빡빡 우기다가 이내 인정해버렸다. 나이가 들어서 날씨에 민감해진 건지 아닌지 모르겠지만, 요즘 좋은 날씨를 만나는 게 쉽지 않아서, 인정. 아무래도 오늘은 날씨 때문에 기분이 좋다. 이런 날에는 하늘 사진을 찍기 바쁘다. 요즘 내 사진첩엔 풍경 사진이 많다. 맑은 하늘이라든가 짙은 녹음, 그리고 색색의 꽃들을 보면 그냥 지나치지를 못하겠다. 특히나 계절을 한껏 드러내는 풍경들을 만나면 나도 모르게 입에서 조그만 감탄이 흘러나온다. 아, 좋다—고. 예전엔 미처 소중하다고 생각하지 못했던 것들이 새삼스럽게 소중하게 느껴지면 그건 아무래도 나이가 조금 든 것이 맞겠다. 이 소중한 것들을 소중한 사람과 얼른 나누어 보고 싶은 마음이 들면 그건 아무래도 아끼는 것들이 한두 개씩 늘어나는 시간을 지나고 있는 것이 맞겠다.

날씨가 좋으면 어떻게든 놀러갈 구실을 만든다. 한강에 가기 딱 좋은 날씨. 그래서 이건 어젯밤 한강에 놀러간 우리의 이야기.

강의 남쪽에 갔다. 길을 걷다보면 유난히 눈에 담기는 풍경이 예쁜 동네가 있다. 어젯밤의 한강이 그랬다. 해가 어스름하게 지는 저녁, 돗자리를 깔고 누워 있는 우리에게 귀여운 강아지가 달려오다가 조금은 무서운지 이내 걸음을 돌렸다. 그 모습이 또 사랑스러워서 나는 말했다.

"이렇게 강아지랑 같이 산책 나오는 사람들은 이 동네에 사는 사람들이겠지? 우리같이 스쳐가는 사람들 아니고."

저기 보이는 높은 아파트들처럼 걱정 없이 솟아 있는 종류들. 강과 강을 이어주는 교량의 불빛처럼 반짝이는 종류들. 반짝반짝 세속적으로 보이는 것들이 정말 아득하고 예뻤다. 너는 말했다.

"아니야. 이거 다 영화에서, 드라마에서, 잡지에서 풍기는 로망 같은 거라서 저기 저 사람들도 모두 강아지 안고 버스 타고 지하철 타고 여기 왔다가, 나중에 타고 온 거 그대로 타고 다시 돌아가는 거야."

억지스러운 대답임을 알고 둘이 같이 푸하하 웃어버렸지만, 그 순간 억지스러운 대답을 해준 사람이 곁에 있어서 행복했다.

눈에 보이는 반짝반짝한 하루들이 늘 부럽고, 그렇지 못한 하루들도 성실하게 살아내야만 할 때 뿌듯하면서도 속상한 기분이 든다. 그런 내 곁에 있는 사람. 내 삶에 여유가 되어주는 사람. 평범한 날들을 성실하게 살아가게 만들어주는 사람. 날씨 때문에 기분이 좋아지거나 나빠져도 괜찮다. 너와 내가 같이 나이들어간다고 생각하면 걱정을 미루고 행복해진다. 어제의 나는 그런 사람과의 한강.

안 씻고
침대에 눕는 사람

퇴근하고 집에 들어오면 무조건 옷부터 벗고 욕실로 가서 씻으려 마음먹지만, 이걸 실천하는 건 참 어려운 일이다. 옷을 갈아입은 후 일단 침대에 걸터앉고 본다. 무엇보다 스마트폰이 문제다. 나도 모르게 침대에 스르르 누워, 일하느라 미뤄놓은 SNS도 보고 뉴스 기사 몇 개를 보면 한 시간이 훌쩍 가 있다. 요즘엔 유튜브도 봐야 한다. 재미있는 게 너무 많다. 가끔은, 너무 적막해서 그 어떤 소음이라도 필요한 공간 속에 내가 살고 있기 때문이라고 생각하지만. 그렇게 게으름을 피운다. 씻어야 하는데, 귀찮아진다.

저녁을 같이 먹은 친구에게 '나 이제 집 도착'이라는 메시지를 보내고 몇 시간이 지나서야 씻으러 간다고 연락을 했다. 이미 씻고 나온 친구는 나를 '안 씻고 침대에 눕는 사람'이라고 불렀다. 더럽다고 그랬다. 네 집에 놀러가도 침대에는 눕지 않을 거라고. 아니, 매일 이러는 건 아닌데. 이제 진짜 씻으려고 일어났는데. 그리고 처음부터 너를 침대 위에 올려줄 생각은 없었다.

얼마 전에 내가 좋아하는 사람이 우리 동네에 놀러왔다. 둘이 신나서 밤새 술을 진탕 마시고 새벽이 돼서야 집에 들어왔다. 휘청휘청 몸을 가누지 못하는 우리. 내가 먼저 풍선 인형처럼 늘어지는 몸을 이끌고 겨우 씻고 나오니, 그 사람은 바닥에 엎드려 자고 있었다. "씻고 자"라고 말했지만 내 말은 듣지 않고 바닥에 누워 이불을 달라고만 했다. 침대에 올라가서 자라고 몸을 흔들어봐도 대답이 없다. 연약한 몸이 딱딱한 바닥에서 잔다고 생각하니 술이 깰 듯이 속상해졌다. 아무 짓도 안 한다고, 내가 바닥에서 잘 테니 침대에서 자라고 권해도, 내가 좋아하는 그 사람은 그저 괜찮다는 말만 반복했다. 아침이 오는 속도가 가파른 새벽, 더 늦기 전에 침대에 누워 벽을 보고 잠을 청했다. 조그만 자취방, 그 안에 놓인 더 조그만 침대가 경계 없는 도형처럼 느껴지던 날이었다.

다음날 늦은 점심을 먹으며 내가 물었다.

"어제는 왜 침대에서 자지 않았어?"

그 말에 피식하고 웃더니, 그래서 서운했냐고 오히려 되묻는다. 응, 나는 서운했거든. 나를 많이 좋아하지 않아도, 그래도 옆에 누워서 잠을 잘 때, 눈을 감고 있는 그 모습을 보면 마음이 편해지잖아. 나를 좋아하지 않는 마음이 예전보다 더 커지고 있는 걸까봐 잠들기 전까지도 불안했거든. 매일처럼 무관심해 보이는 사람에게는 말하지 못하고 숨겼지만.

그 사람은 그런 게 아니라고 웃으며 말했다. 손사래까지는 아니었지만, 손을 살짝 펴서 휘휘 젓는 순간에 내가 얼마나 크게 안도했는지. 옷을 갈아입기 전에는 절대 침대에 올라가지 않는 습관이 있다고 했다. 밖에서 묻히고 온 더러운 먼지, 오늘 하루 남에게 보여준 과장됐던 자신의 모습, 오늘에서 끝냈으면 좋을 부끄러운 기억들을 내일까지 가져가고 싶지 않은 사람. 그래서 집에 오면 늘 바로 옷을 갈아입고 씻은 다음에 침대에 눕는데, 어제는 너무 피곤해서 그냥 잠들었다고. 그래서 같은 침대에 누울 수 없었다고.

아무래도 그런 점들을 나는 좋아하는 거겠지만, 가끔은 안 씻고 침대에 눕는 내가 그 사람을 좋아하는 일은 역시 쉽지 않다. 단념해야겠다는 다짐도, 쉽게 지켜지지 않는 규칙처럼 흩어지기 일쑤인 나와는 다른 사람이다.

졸려도 꼭 씻고 자라고, 비틀거려도 꼭 씻고 내 옆에 누워야 한다고 다그친 후에, 상대로부터 알겠다는 새로운 다짐을 반드시 받았어야 했던 걸지도 모르겠다. 우리 사이에 새로운 규칙을 만들었다면 조금 더 단단한 사이가 될 수 있었을까.

매일매일
슬픔을 간직하는
사람 앞에서

장례식장에 다녀왔다. 소중한 친구의 아버지가 돌아가셨다. 오랜만에 동창들과의 카톡방에 알림이 계속 울렸다. 다들 검은 옷을 착장하고 모인 밤, 검은색 교복을 입고 학교에 다니던 시절과 크게 달라진 게 없는 것 같아 새삼 놀랐다. 놀라면서도 살짝 다행이라고 생각했고, 다행이라고 생각하면서도 괜히 야속했다.

상주가 된 친구는 검고 거대한 먼지 덩이 같은 무더기의 사람들을 차례차례 맞이하고 있었다. 오랜만에 꺼내 신은 구두가 불편했는지, 발가락들은 자꾸만 끝으로 몰려 얼얼했다.

아래로 아래로 중력을 받듯이. 엄지발가락엔 땀이 났다. 친구의 말간 얼굴 앞에서 나는 자꾸 지저분한 것 같고, 어쩔 줄 모르고 서투르기만 한 것 같아 스스로가 어색해졌다. 잠깐 머물렀던 장례식장에서 가장 슬픈 순간이었다.

육개장을 먹으며 한 친구가 얘기했다. "호상이래. 아버지가 원래 아프셨잖아. 예상하고 있던 일이라서 괜찮으니까 다들 너무 걱정하지 말라고 하더라." 그러고는 맥주병을 땄다. 원래 장례식장에서는 술도 한잔하고, 서로 반갑게 안부도 묻고, 활기차게 떠들다 가는 거라고. 물에 젖은 솜이불처럼 축 처져 있을 필요 없다는 말을 덧붙이면서. 원래 좋아하는 친구는 아니었는데, 그의 한마디가 위로가 됐다. 울지도 못하고 그렇다고 웃지도 못하고 어색한 표정을 짓고 있던 나에게 어쩌면 그 말이 필요했는지도. 결혼식은 이제 어느 정도 익숙해진 것 같은데, 장례식은 가도 가도 매번 어려운 마음이 된다. 이 둘을 '경조사'라고 한데 묶어서 부르는 이유를 모르겠다. 그렇게 뜨겁고 또 이렇게 차가운데.

이 친구가 했던 말들은 예전에도 장례식 자리에서 들었다. 그때는 의심이 가득했었다. 세상에 호상이 어디 있어. 예상했다고 해서 덤덤한 죽음이 어디 있어. 마음의 준비를 한다고 해서 슬픔이 덜한 이별이 어디 있어. 슬픔의 격식도 모르는 사람들의 바보같은 소리라고 생각했었다. 그때의 나는 지금보다 훨씬 아집과 고집이 넘쳤던 사람이라는 걸 안다. 슬픔의 감정이 대충 뭔지는 알아서, 내 삶이 슬프다고 연민하는 거에만 익숙했지 슬픔의 모양을 헤아리거나 타인의 슬픔을 이해하려고 노력하지 않았던 시절이었다. 내가 알고 있는 슬픔의 모습을 모두에게 강요하면서 그것만이 제대로 된 방법인 양.

나는 오늘 보았다. 상복 입은 친구를 마주하고 그 어깨를 가장 묵직하게 감싸안은 사람이 누구였는지. 두 눈에 눈물이 흐르지 않아도, 눈빛으로 태도로 울어주는 사람이 누구였는지. 육개장을 먹는 내내 나의 빈 컵에 맥주를 가득 따라준 사람이었다. 그런 사람이 한번 안아주면 나는 무턱대고 울게 된다.

상복을 입은 친구가 우리에게 왔다. 와줘서 고맙다면서 소같은 얼굴로 웃음을 지었다. 내가 좋아했던 어릴 때 그 얼굴과 그 웃음 그대로였다. 영정사진 앞에 서서 아버지의 이름을 부르는 누군가가 두 손을 잡아주면 또 펑펑 눈물을 흘릴

거면서, 우리 앞에 와서는 또 해맑게 웃는 그 모습이 고맙고 미안해서 나도 처음으로 친구의 손등을 꽉 잡고 환하게 웃었다. "우리는 이제 2차를 갈 거야. 오랜만에 만났으니까 술이나 한잔하고 헤어지려고." 장례식장에서 가장 구리고 예의 없다고 생각했던 문장을 어느새 내가 내뱉어버렸다.

타인의 슬픔을 대하기가 나는 여전히 어렵다. 슬프지만 슬프다는 말로는 다 표현할 수 없는 슬픔이 존재한다는 것도 조금씩 알아가고 있다. 매일매일 슬픔을 간직하는(어쩌면 간직해야만 하거나 간직할 수밖에 없는) 사람 앞에서 슬픔이 오래가지 않았으면 좋겠다고 말하는 일에 위로라는 이름을 붙일 수 없다는 것도. 그럼에도 바라게 되는 것은 그들의 하루 온종일이 슬픔으로 채워지지 않았으면 좋겠는 마음이다.

펑펑 울던 친구가 나를 바라보고 환하게 웃어주었을 때, 울음이 웃음으로 단번에 바뀌었을 때, 그러다 다시 눈물을 흘렸을 때 내가 가장 먼저 느낀 감정은 고마움이었다. 아마도 평생 동안 그 웃음의 의미를 정확히 설명하지는 못할 것이다. 누군가의 슬픔에 대해서 내가 말할 수 있는 부분은 너무 작으니까. 그럼에도 불구하고 다시 한번, 나는 누군가의 하루가 슬픔으로만 채워지지 않았으면 좋겠다. 슬픔이라는 건 대책 없이 찾아오니까, 대책 없이 슬플 때는 그 마음 그대로 슬픔을 쏟아내고, 그러다가도 웃음이 나는 찰나의 순간을 놓치지 않기를. 웃음이 날 때는 웃었으면 좋겠고 그러다가 또 문득 기억하고, 추억하고, 잊지 않고.

나는 언제나 그게 더 중요하다고 믿는다. 충분한 슬픔은 존재하지 않으니까. 충분한 애도라는 건 애초에 존재하지 않으니까.

상심이 반복되는 순간에도 좌절로 나아가지 않는

교토에서 돌아왔다. 생각할 게 많아서, 머릿속에 고민이 가득해서 조금 덜어내러 떠난 나 홀로 여행이었다. 덜어낸다면서 가방에 꽉꽉 채워간 물건들을 숙소에서 하나씩 꺼내놓을 땐 조금 민망했다.

친구와 우연히 일정이 겹쳐서 하루 하고도 반나절을 함께 보냈다. 그런 사람 있지 않은가. 단둘이 있어도 눈치가 보이지 않는 사람. 그러니까, 여행지에서 들어간 카페에서 몇 시간이고 제 할일을 해도 서로에게 마음의 짐이 생기지 않는 상대. 먼저 휴가를 와 있던 친구가 이국의 정취를 한껏 즐기고 있을 때 내가 짠! 하고 그 앞에 나타났다. 나를 보자마자 낯선 도시가 마치 서울처럼 느껴진다고 웃음 가득한 핀잔을 줬다.

이번 여행이 나는 꼭, 추운 날 두 뺨이 따뜻한 사람을 두 팔로 안는 일처럼 행복했는데, 친구와 헤어지고 나서 혼자가 된 시간에 그 이유를 곰곰이 생각해봤다. 낯선 땅에서 취향이 잘 맞는 사람과 만날 수 있었던 것, 그리고 그런 우리가 가는 곳마다 마치 주인을 기다리던 강아지가 품안으로 비집고 들어오는 친근함이 있어서 좋았다. 그래서 참 많이 웃었던 것 같다. 비가 주룩주룩 내려도 비가 온다고 좋아하고, 신발이 젖어도 걷는 게 마냥 좋다고 하고, 햇살이 뜨거워도 가로수가 빛을 받아 반짝인다고 좋아하고. 아, 왜 그렇게 좋았는지 생각해보니 우리는 사실 크게 불만이 없는 사람들이다. 그 마음으로 좋아했던 걸 다시 하나하나 생각해본다.

— 창밖으로 꽃잎과 비가 날렸던 카페
— 손님과 적당한 거리를 유지하는 법을 알았던, 조그만 선술집의 사장님
— 나를 만나자마자 친구가 건네준 꽃다발

— 문득 고개를 들면 북두칠성을 볼 수 있었던 카모강

— 아라시야마의 말도 안 되게 예뻤던 풍경

— 학생들을 따라 들어갔던 철판구잇집과, 저녁을 다 먹고 나서 오지 않는 버스를 기다리며 슬픈 노래를 듣던 기쁘고 깜깜한 밤

— 띵동. 내가 여행에서 하기 좋아하는 일을 모두 기억해주는 사람의 안부 메시지(우연을 가장한 누군가의 노력).

힘든 일도 있었다. 현금을 다 써버린 채 버스를 타버리고는 추가 요금이 나올까봐 목적지로 향하는 내내 마음이 조마조마했고, 힘들게 찾아간 시골의 관광지에서는 현금으로만 입장권을 구매할 수 있다는 말을 듣고 아쉽게 발걸음을 돌렸다. (근처에 편의점도 없었어!) 또 구글 지도를 보고 찾아간 스위스 식당은 특별휴가를 떠난다는 쪽지를 현관에 붙여놨다. 파파고가 번역해준 그 쪽지의 인사가 아주 다정해서 기분이 나쁘지는 않았지만, 상심이 몇 번이고 반복되면서 힘이 빠진 건 사실이었다. 하지만 상심의 반복이 좌절로 나아가지는 않는 그런 여행을 하고 있었다. 여행의 끝자락에서 곧 비행기를 타고 집으로 돌아가야 한다는 것을 알지만, 진짜 행복했던 기억

들은 이런 순간에 아쉬움을 남기는 게 아니라 충분히 뿌듯한 여행이었다는 만족감을 남겨주었다. 그것은 진짜로 멋진 일.

친구가 건네준 꽃다발을 비행기로 가져올 수 없어서, 강가에 심고 왔다. 그리고 편지를 적었다.

'우린 매일매일 봐야 하는 사이니까 지금 이곳에서의 행복이 자주 떠오를 거야. 어제 북극성을 보며 잠깐 바랐어. 자주 떠오르는 행복이, 이 기억이 우리를 앞으로도 행복하게 해줄 거라고. 상심이 반복되는 순간에도 좌절하지 않는 그런 하루를 보내게 해줄 거라고. 우리는 마음에 들지 않는 것보다 마음에 드는 것들을 찾아낼 줄 아는 사람이잖아. 일상에서 가끔 마음에 들지 않는 것들이 하나씩 보이긴 해도, 우리가 어떤 사람인지 기억하는 게 가장 중요한 것 같아. 꼭 기억하고 또 기억해야 해.

가끔 넘치는 불만을 감당할 수 없을 땐 참지만 말고 폭주하는 기관차처럼 폭발하는 것도 괜찮을지 몰라. 살갑고 잘 웃기만 하는 모습의 우리는 여기에 잠깐 두고 온 거라 생각하고 나중에 다시 찾으러 오면 돼. 그땐 좋아하는 사람들을 더 많이 데려오자.'

順女

1

엄마의 이름은 순녀. 순할 순順 자와 여자 녀女 자를 쓴다. 순한 여자라는 뜻이다. 성품이 순했으면 하는 것인지, 아니면 엄마가 살아가는 인생이 순했으면 하는 건지 이름에 깃든 의미는 알지 못한다. 쉬운 한자니까 엄마도 이름의 뜻을 궁금해하지는 않았나보다. 나에게 한 번도 얘기해준 적이 없다. 이름의 뜻이 뭐예요? 하고 물으면 글자 그대로라고, 순할 순에 여자 녀를 쓰는 이름이라고, 순한 여자라는 뜻이라고 설명해야 했을 사춘기 시절의 엄마를 생각해본다.

엄마의 이름은 엄마의 아빠, 그러니까 외할아버지가 지었다. 외할아버지가 엄마의 이름을 지을 때는 많은 것들을 상상했겠지. 엄마의 삶에 대해서. 무탈하게 흘러갔으면 하는 바람이 최우선이었던 어떤 날을 사이에 두고. 그렇게 보면 순녀라는 이름은 특별했을 것 같기도 하고 특별하지 않았을 것 같기도 하다.

엄마는 늘 엄마였으니까, 나에겐 엄마의 이름이 지워지기 일쑤였고, 가족들과 함께 있을 때도 엄마는 이름이 아닌 '첫째야'라거나 '언니'라거나, '누나'라고, 가끔씩은 내 이름으로도 불렸다. 엄마랑 함께 가장 많은 타인들을 마주했던 교회에서도 엄마를 부르는 호칭은 '박집사'였다. (박집사에 관해서 나는 조금 서운한 부분이 있다. 내가 여덟 살 때 엄마는 처음으로 교회를 가기 시작했는데 이십 년이 훌쩍 지난 지금도 엄마는 여전히 박집사다. 내가 전화해서 "엄마 어디야?" 하고 물으면 늘 "어디긴, 교회지. 청소하고 있어"라고 말하는 엄만데. 누구보다 열심히 교회를 가고, 식사를 준비하고, 청소를 하는 엄마가 교회를 다닌 지 한참이 지난 지금도 여전히 집사라는 게. 엄마보다 어린 사람들은 훨씬 빨리 권사가 됐다. 이런 마음을 느끼게 하는 하나님이 조금, 아주 조금 밉다.)

우리 엄마는 이름을 잃어버리는 사람. 세상 모든 엄마들이 이름을 잃어버린다는 사실은 진부하다. 진부하다고 생각하지만 언제나 진부한 것들이 가슴을 찡하게 한다. 우리가 만나고 헤어지는 일들, 그렇게 매일 반복되는 지겨운 일상들도 모두 그렇다.

엄마의 이름에 대해서 생각해보게 된 건 가정통신문 때문이었다. 초등학교 때부터 가정통신문은 나 혼자 처리했다. 엄마의 도장이 어디 있는지 아니까 내가 읽고, 내가 엄마의 이름을 적고, 내가 엄마의 도장을 꾹 찍었다. 안 그래도 고된 엄마의 인생에서 짐을 덜어주고 싶었던 건지, 아니면 나부터가 당신을 무시해버렸던 건지. 어쩌면 나에게는 하나님이 밉다느니 싫다느니 운운할 자격이 없는 걸지도 모르겠다. 도장에서부터 갱지로 옮겨오는 새빨간 엄마의 이름 세 글자를 보며, 나도 손톱으로 엄마의 마음을 빨갛게 긁었던 것이다.

버스정류장에 나가 퇴근하는 엄마를 마중하면 엄마는 늘 이상한 게 가득 들어 있는 비닐봉지를 양손에 들고 내렸다. 어느 날은 아무도 입지 않을 것 같은 화려한 고무줄 바지. 어느 날은 그림 그리는 걸 좋아했던 나에게 마음껏 색칠하라며 선물한 120색 색연필 세트. 고무줄 바지는 늘어난 고무줄이 다시 줄어들지 않아서 입을 때마다 바지가 흘러내리지 않게 끈으로 묶어야 했고, 120색 색연필은 색깔은 다채로웠지만 막상 도화지에 잘 칠해지지 않아서 칠했을 때 눈으로 구분할 수 있는 색은 스무 개도 채 되지 않았다. 언젠가 엄마의 퇴근길을 함께하면서 그런 싸구려 물건들을 어디서 사 오는 건지 알게 되었다. 회사 앞 버스정류장에 세기말의 다이소처럼 포대를 펼쳐놓은, 어떤 할아버지의 만물상에서 집어오는 것이었다. 딱 봐도 형편없는 물건들을 골라 담는 엄마를 보며 머리가 조금 큰 중학생의 나는 우리 가족이 살아갈 앞으로의 인생이 참 막막하다는 생각을 했었다. 엄마가 어떤 마음으로 그 물건들을 사는 건지 미처 알지 못했을 때였다(물론 지금도 그 마음을 모두 이해하는 건 아니지만).

지난 설날, 외가에 온 가족이 모여앉은 자리에서 엄마는 빵빵하게 부푼 가방을 풀었다. 늦둥이 사촌동생에게 줄 촌스러운 머리끈이 한가득. 할머니에게 줄 자석으로 된 건강 팔찌도 한 움큼. 나를 위해서는 '꽃을 든 남자' 핸드크림을 사왔다. 그리고 엄마는 자기 몫으로 꽃무늬 자수가 박힌 어그

부츠도 하나 샀다고 자랑했다. 엄마를 제외한 모두가 한마디씩 엄마를 나무랐다. "언니, 머리끈을 왜 이렇게 많이 샀어." "누나, 엄마 손목이 안 좋아서 이제 무거운 거 못 차." "엄마! 나 핸드크림 안 쓰는데 이런 거 왜 또 사 왔어. 그 돈으로 차라리 먹을 걸 사 먹지."

순탄했던 엄마의 쇼핑에 내가 가장 큰 브레이크를 걸었다. 알면서도 속상하게 자꾸 잔소리를 하게 되는 일이다. 엄마는 누구보다 순하게 살고 싶은 사람이었을지도 모르는데. 화려하고 반짝이는 걸 좋아하지만 제대로 된 걸 살 수는 없어서 거추장스러운 징표들을 하나씩 삶에 걸치게 된 걸 적어도 나는 다 알고 있었으면서.

2

열두 살의 겨울밤을 기억한다. 학교가 끝나고 난 뒤 집에 와 혼자 저녁을 차려 먹고 밤 열시에 하는 드라마를 다 봤지만 아무도 집에 돌아오지 않았다. 자정이 다 될 때까지 컴컴한 집 안에 나 혼자. 회사에 간 엄마도 오지 않고, 형도 학교에서 돌아오지 않고. 전화도 받지 않는 두 사람을 기다리다 거실에 불을 켜두고 먼저 잠들었다. 새벽에 집전화가 울렸다.

방 안을 둘러봤지만 여전히 아무 기척이 없고, 두 사람은 여전히 집에 돌아오지 않았다. 전화를 걸어온 건 엄마의 회사 동료였다. 너희 엄마가 술에 너무 취해서 혼자 갈 수 없으니 집 앞 큰길로 나와 데려가라는 말이었다. 그때까지 엄마는 나보다 훨씬 더 큰 사람이었다. 술에 취한 엄마를 업고 계단을 오르는 길. 우리 집은 고작 2층이었지만, 땀이 비 오듯이 쏟아졌다. 그건 열두 살에 처음 느껴보는 현실의 무게였다. 다음날에 학교에 가는 일이 막막하게 다가왔던 날이었다. 엄마를 안방에 눕히자마자 엄마는 뭐라 뭐라 궁시렁대더니 그날 먹은 것들을 이불에다 토했다. 역한 냄새가 좁은 방 안에 가득찼다. 나는 숨을 쉬기 어려웠는데 그건 냄새 때문이 아니라 아무래도 내가 겪어나갈 앞으로의 삶에 대한 무서움 때문이었을 것이다.

아무 소리도 들리지 않는 새벽. 거실에 쪼그려앉아 울다가 전화기를 들었다. 나 스스로는 이 상황을 해결할 수 없다고 생각했다. 외할머니네 집 전화번호를 누르려고 했다. 그때 엄마의 목소리가 들렸다. "전화하지 마. 할머니에게 말하지 마. 미안해……." 그 목소리가 너무 슬퍼서 차마 전화번호를 누르지 못했다. 또 한참을 앉아서 울다가 문득 정신이 들었다. 나부터 정신을 차려야겠다는 생각을 했다. 엄마를 다시 일으켜 거실로 옮기고, 옷을 닦고, 이불을 욕조에 담그고, 걸레를 빨아 방바닥을 닦았다. 환기하기 위해 열어둔 창문 밖으로는 어느덧 새벽이 밝아왔다. 새벽빛을 받은 방 안의 모습이 보였다. 열두 살의 나는 조금씩 정돈되는 이 방처럼, 앞으로 많은 것들을 스스로 정돈하며 살아야 할지도 모른다는 생각을 했다. 그때 처음으로.

이제는 안다. 순한 여자의 삶을 지키기 위해 엄마가 회사에서 들이켜야 했던 술잔들을. 정신을 아득하게 하는 알코올의 반복들을. 쓰린 속을 부여잡고 다시 일상을 살아내야 하는 어른, 내가 처음 만난 그 어른의 고단함을.

3

대학 시절 한 대외활동을 하다가 우연히 엄마와 같은 이름을 가진 사람을 알게 되었다. 나보다 몇 살 어렸던 그 아이는 서울의 명문대학에 다니고, 얼굴이 예뻤고, 무엇보다 환하게 웃을 줄 아는 사람이었다. 체구가 작았지만 많은 사람들 사이에서도 반짝였고 당당했고 눈에 띄었다. 명찰에 적힌 이름을 보며 아주 잠깐 엄마를 떠올렸다. 엄마랑 같은 이름이 있구나. 엄마에게도 이렇게 반짝이는 순간들이 있었겠지. 이렇게 반짝이는 순간들이, 이렇게 반짝이는, 반짝이는 순간들이.

얼마 전 카카오톡에 친구 추천으로 그 아이가 떴다. 엄마와 같은 이름. '휴대폰을 바꿨나봐. 잘 지내지?'라는 인사와 함께 환하게 웃고 있는 이모티콘을 보냈다.

순녀야, 안녕. 잘 지내지? 우리는 잘 지내고 있어. 나는 열심히 살아갈 거야. 회사도 잘 다니고 돈도 많이 벌 거야. 내 마음을 바닥으로 끌어내리는 것들에게 지지 않을 거야. 순한 사람이 순하게 살아갈 수 있었으면 해서. 나는 그런 사람에게서 태어난 사람이니까.

메이커 교복

메이커 교복에 관한 기억이 있다. 사실 '기억'이라는 단어 대신 '추억'이라고 적고 싶은데, 차마 그렇게는 할 수가 없다. 추억에 젖기에는 지금의 마음이, 그때의 내가 했던 고민들과 그 고민들로 앓았던 몇날 며칠 밤을 너무 쉽게 무시하는 것만 같아서.

중학교 입학을 앞두고 엄마랑 교복을 사러 갔다. 교복은 우리 생각보다 비쌌다. 나랑 같은 중학교로 입학하는 친구들은 모두 메이커 교복을 맞춘 후였다. 나도 엄마 손을 잡고 메이커 '스마트'부터 '스쿨룩스'까지 다 돌아보았다. 단돈 만 원이라도 더 싸길 바라며 발걸음을 옮겼지만, 괜한 기대였다. 오히려 점점 비싸지기만 했다. 엄마가 우물쭈물 망설이는 게 보였다. 나는 차마 메이커 교복을 사달라는 말을 못하고 결국 동네 교복집에서 교복을 맞췄었다. 그 교복집의 이름은 '황제교복'. 신용카드를 쓸 만큼의 신용이 없었던 우리에게(물론 지금도 그렇지만) 당시 몇만 원은 참 큰돈이었다.

문제는 학교 로고였다. 교복 브랜드마다 학교 로고가 미세하게 달랐다. 내가 맞춘 황제교복은 일단 로고 박음질이 이상했다. 삐뚤빼뚤. 친구들이 내 교복의 박음질을 보고 나를 안타깝게 여기거나 불쌍하게 생각하면 어쩌나 속으로 많이 걱정했다. '다른 교복집이 다 문을 닫아서, 엄마가 어쩔 수 없이 여기서 사 왔어' 같은 변명들을 생각하곤 했다. 사실 그 어떤 친구도 내 교복을 보고 뭐라고 하지 않았는데 그저 내 열등감이 스스로 몸집을 키웠을 뿐이었다. 창피하게도 난 친구들을 볼 때 그들의 교복 브랜드를 가장 먼저 봤다. 나 혼자만 나와 같이 삐뚤빼뚤한 로고를 가슴팍에 붙인 아이들을 알아봤다. 나와 같은 교복집에 갔을 친구들. 그 친구들의 방

과후를 상상하고, 주말을 상상하며 연민을 느꼈을 것이다. 나에 대한 연민에서 시작된 못생긴 모양의 마음이 친구들을 헤집고 다녔다.

중학교 삼 년 내내 마음고생을 했으면서, 고등학교 때도 나는 황제교복에서 교복을 샀다. 고등학생이 되면 꼭 메이커 교복집 중 한군데에서 교복을 살 거라고 그렇게 다짐을 해놓고서. 사춘기를 겪으며 문득문득 철드는 순간들이 있었는데, 아마 그 타이밍이 교복을 살 때와 딱 들어맞지 않았을까. 집안 형편 같은 걸로 열등감을 느끼는 건 촌스럽다고 사춘기의 내가 스스로에게 말했겠지. 그러면서 고등학교 시절에도 변함없이 창피했다. 변함없이 눈치를 봤고 변함없이 열등감에 휩싸이곤 했다. 그런 감정을 조금 덜어내게 된 건, 완전히 철들었을 때는 아니었고 내가 마음속으로 동경하고 좋아하는 아이의 교복에서 나와 같은 모양의 로고를 봤을 때였다. 그 친구는 공부도 잘했고, 집도 부자라는 소문이 있었다.

과거 앞에서는 참 쉽게 당당해진다. 과거의 경험에 대해서도, 과거의 사랑이나 실수에 대해서도. 친구들과의 술자리에서나, 친하지 않은 사람들과의 모임에서 어린 시절의 어려움들에 대해 아무렇지 않게 얘기하는 내 모습을 본다. 이건 내가 별로 좋아하지 않는 내 모습. 그때의 일이 이제는 부끄럽지 않을 만큼 몸도 정신도 성장한, 성숙한 사람이라는 걸 드러내고 싶었던 게 솔직한 마음이었을 거다. 그건 결국, 지금에 와서야 할 수 있는 자기 위로인 것만 같아서.

서른한 살. 지금 당장 눈앞의 카드값이나 대출이자 때문에 고민하는 나는 숨기고서, 언제나 과거의 내 가난만 불러온다. 그 어려웠던 시절을 다 견뎌내왔다는 자기 위로에 허기가 져서.

다시 어린 시절로 돌아간다면 나는 떼를 쓸 것 같다. 그냥 좀 사달라고. 그냥 나도 메이커 교복을 입고 싶다고. 친구들의 교복을 보며, 그 로고를 눈으로 훑으며 엄마를 미워한 순간들을 내 인생에서 지우고 싶어서. 엄마를 미워한 순간들을 지우기 위해 내가 엄마한테 미안하다는 말을 얼마나 많이 해야 할지 가늠이 되지 않아서. 그런 일들이 나는 정말로 정말로 미안해서.

말씀카드

새해 첫날이면 어김없이 엄마에게 전화가 온다. 떨어져 살면서부터 안부 인사가 시작됐다. 전날 송구영신 예배에서 말씀카드를 뽑았는데 내 것까지 뽑았단다. 구정에 만나면 주겠다고. 이번에 내 말씀카드가 정말 너무너무 좋다고. 매년 좋았지만 이번에는 더 특별히 특별하게 좋다고. 그러면 나는 알겠다고 하고 전화를 끊는다. 전날 친구들과의 모임에서 가져온 숙취로 인해 대부분은 머리가 아플 때 받는 전화다. 건성으로 받은 안부 전화는 기억에서 지워지는 데 단 몇 분도 걸리지 않았다.

설날에 만난 엄마에게 나는 괜히 심술을 부린다. 말씀카드 이제 그만 뽑아 와도 된다고. 설날에도 새벽기도를 간다고 늦은 밤 외할머니 집에서 나서는 엄마가 괜히 미워졌던 것이다. 엄마가 엄마의 엄마에게 말했다.

"엄마, 나 내일 새벽기도 갔다가 아침 일찍 올게요."

알았다고, 조심히 다녀오라고, 도착해서 전화하라는 할머니의 뒤에 서서 나는 궁시렁댄다. 뭐, 가족들 다 모여서 노는 명절까지 새벽기도를 간다고 그래, 엄마는 참.

"다 가족들 잘되라고 기도하는 거지"라고 말하는 엄마에게 "기도하면 뭐해. 엄마가 이렇게 열심히 기도하는데 나아지는 건 하나도 없네요. 청소 사역도 식사 사역도 그렇게 열심히 하고 매일매일 기도하는데 우리 회사는 자꾸 어려워지고, 형은 계속 아프고, 엄마는……"

'엄마는 나에게 자꾸 부끄러운 기분이 들게 하는 사람으로 변해가는 거야?'라는 말은 차마 못했다. 조심히 다녀오라 말하고 다시 거실로 돌아와 소파에 앉았다. 귤을 까먹으며 TV 채널을 돌리는데 보고 싶은 프로그램이 하나도 없다. 명절인데 재밌는 것도 안 한다고 나는 또 심술이 난다.

엄마가 새벽기도를 나가는 게 잘못이 아니라는 것을 알면서 한껏 짜증을 부렸다. 나도 열심히 기도를 하던 시절이 있었다. 시험을 볼 때면 시험지에 이름을 적어넣으며 간절히 빌었다. 생일 초를 불 때도 미리 적어놓은 소원을 기억했다가 초가 다 녹기 전에 서둘러 줄줄 외었다. 누군가가 들어주기를 바란 건 아니었다. 그렇기에 이뤄지든 이뤄지지 않든 기쁘거나 서운한 감정이 들지 않는 소원들.

기도를 해보면서 알게 되었다. 무언가 이뤄지길 바라면서 간절히 기도하지만, 그게 이루어지고 말고는 내가 감당할 수 있는 영역이 아니라는 것을. 언제 이루어질지도 내가 가늠할 수 있는 게 아니라는 것을. 간절한 기도에 귀기울이는 누군가가 이 세상에 꼭 존재한다고 믿으며 살려고 노력하는 편이지만, 가끔은 내 기도 소리가 너무 작아서 그의 귓가에 닿기도 전에 흩어져버리는 건지도 모르겠다 생각한다.

역시나 기도를 해본 사람은 알 것이다. 무언가가 이뤄지길 바라는 마음보다 더 큰 마음이 자동으로 두 손을 모으고 눈을 감게 만드는 순간이 있다. 기도라도 해야 견딜 수 있는 마음들이 있는 것이다. 그 마음의 무게가 얼마나 무거운지, 농

도는 또 얼마나 짙은지. 간절히 기도하는 사람들을 보면 나는 마음이 얼큰하다. 비가 주룩주룩 왔던 오늘 새벽에도 엄마는 교회에 갔을 것이다. 그리고 두 손을 모아 기도를 했을 것이다.

세상 슬픈 표정을 짓다가도 단 몇 분 만에 해맑아질 줄 아는 엄마. 나의 엄마가 기도라도 해야 견딜 수 있는 마음을 품고 사는 걸 안다. 알고 싶지 않아도 다 알게 되는 나이가 됐다. 그러면서도 왜 엄마를 만날 때면 짜증을 내는지. 정말 왜 그런 건지. 참, 답답하게도.

오랜만에 나도 기도를 한다. 두 손을 모으고 눈을 감는다. 하나님이 조만간 이루어줄 기도가 아니라는 것을 알면서도 목소리를 내 말해본다.

"다음에는 엄마에게 화를 내지 않게 해주세요. 미워하지도 않게 해주세요. 미운 모습 대신 좋은 모습을 발견하게 해주세요. 당신의 미래를 걱정하지 않게 해주세요. 우리의 미래를 걱정하지 않게 해주세요. 행복했던 기억들을 이야기하면서 웃을 수 있게 해주세요. 그럴 수 있다면, 그럴 수 있게만 해주세요."

엄마의
매일매일

엄마랑 형, 나 세 식구가 조촐하게 외식을 했다. 취직을 하면, 돈을 버는 어른이 되면 내 돈으로 하는 가족 외식을 많이 하고 싶었다. 그래서 해마다 일기장을 사면 맨 앞 장에 버킷리스트로 가족 외식을 늘 적곤 했다.

— 먼 나라로 여행 가기
— 좋아하는 사람 만들기
— 좋은 회사에 취직하기
— 가족들과 외식하기

오래전부터 엄마랑 형이랑 떨어져서 살았다. 자주 보는 것도 큰마음을 먹어야 하는 일이 되면서, 보게 되면 늘 집으로 모였던 것 같다. 그래서 외식할 기회가 많이 없었다. 아마 하루하루 삶의 여유도 없었을 테고. 외식이라고 해서 꼭 비싸고 좋은 걸 먹어야 하는 건 아니지만.

엄마랑 전화를 할 때면 엄마는 늘 자기가 할 말만 하고 끊는다. 엄마가 먼저 전화를 걸었을 때나 내가 먼저 전화를 걸었을 때나 똑같이. 얼마 전 통화도 마찬가지였다. 그리 다정한 모자 사이는 되지 못해서, 엄마는 엄마 나름대로 나에 대한 표현이 서투른 거겠지. 나 역시 마찬가지로 여전히 표현이 서툴러서 전화를 걸어서는 괜히 말을 빙빙 돌렸다. 혼자 사니까 고기 구워 먹을 일이 별로 없다, 더 더워지기 전에 삼계탕 같은 것도 먹고 싶다, 뭐 이런 얘기. 엄마는 내 말을 듣는 둥 마는 둥 밥 잘 챙겨 먹고 다니라거나, 이런 날씨에 감기를 조심해야 한다거나, 마스크 꼭 쓰고 다니라는 말을 했다. 내가 말을 더 이어나가기도 전에 휴일에는 아무 생각도 하지 말고 푹 쉬라는 마지막 당부를 하고 전화를 끊었다. 그리고 한 시간 뒤, 이번엔 엄마한테서 전화가 온다.

"아들, 그러면 이번 휴일에 같이 고기나 구워먹으러 갈래?"

구운 갈비를 엄마는 가위로 잘게 잘랐다. 이가 성하지 않아서 큰 건 잘 못 씹는다고. 이제 막 네 살이 된 늦둥이 사촌동생의 밥그릇에나 놓아줄 것 같은, 잘게 부순 고깃조각을 보며 나는 더 다정해지지는 못할 망정 자꾸 모나진다. 엄마가 치과에 가는 걸 자꾸 뒤로 미룰 수밖에 없는 하루를 살고 있다는 걸 알면서도 "그러게 내가 미리미리 치과에 가랬잖아" 하며 핀잔을 주었다. 항상 내가 못하는 걸 엄마와 형에게 숙제처럼 내준다. "양치질은 꼬박꼬박 하고, 술 마신 날에도 그냥 자지 말고, 평소에 이쑤시개도 쓰지 말고, 밤마다 운동도 조금씩이라도 꾸준히 하고, 건강 생각해서 살도 좀 빼고. 응? 알겠지?"

내 시야를 벗어난 곳에서 가족들이 나 모르게 조금씩 망가져가는 모습을 볼 때면 가슴이 철렁하다. 그래서 그날은 평소에는 꺼내지 못했던 진심들이 좀더 과격하게 뜨거운 불판 위로 튀어나왔다.

"엄마 아프면 누가 책임져. 나도 여유 없는 거 알면서!"

또박또박 귀에 고스란히 박혔다는 것을 알지만, 엄마는 이 말도 듣는 둥 마는 둥 고기를 구워주는 점원에게 말을 건다.

"아줌마, 이 고추 매운 거예요?"

"안 매워요."

"난 매운 고추가 좋은데. 청양고추 있어요?"

"있지, 가져다 드릴게."

몸이 안 좋다면서 늘 음식에 청양고추를 팍팍 썰어넣는 엄마가 싫다. 형은 자리에서 일어나 TV 앞을 기웃거린다. 야구할 시간이란다. 아, 좀! 야구는 나중에 집에 가서 보라고, 굳이 다른 사람들이 보고 있는 채널을 돌려야겠냐고 나와 엄마가 동시에 한소리 했지만 형은 기어코 점원을 불렀다. "채널 좀 SBS로 바꿔주세요." 나는 이런 형도 밉다.

점원 아줌마가 고기를 구워주며 엄마를 보고 물었다. 몇 살이냐고. 엄마가 대답했다.

"이번에 오십셋이에요."

"아이고 아들들은 장성한데 엄마가 아주 젊네."

"결혼을 일찍 했어요."

순간 그 말을 하는 엄마의 얼굴이 붉어졌다.

"에구, 뭐 그렇지. 맞아, 그때는 다들 그랬어. 다들 일찍 결혼하고 그랬어."

나는 늙어가는데 엄마는 여전히 젊고, 세상은 사악해져가는데 엄마는 여전히 순진무구해서 나는 마음이 좋지 않다. 착하고 모자란 사람들을 존중하며, 있는 그대로 두는 시대가 가버렸다. 그걸 내가 다 알게 되었고, 불안하고 괘씸한 마음이 든다.

엄마의 나이에 대해 생각해본다. 스무 해 전 꼬마일 때 나는 무릎이 많이 아팠는데, 자주 자다가 깨서 다리가 아프다고 울곤 했다. 그러면 엄마도 자다가 깨서 어쩔 줄을 몰라 했는데, 펭귄 파스를 붙여도 계속 아프다고 내가 너무 울 때면 엄마는 늦은 밤에 나를 들쳐업고 응급실에 가기도 했다. 한번은 그렇게 울며 병원에 가다가 사거리 횡단보도 앞에서 왠지 정신이 번쩍 들어 이제 아프지 않다고, 집에 돌아가자고 한 적이 있다. 그런 나를 보며 엄마는 그날 하루가 얼마나 막막했을까. 돈을 벌어야 하는 다음날의 출근이 얼마나 막막했을까. 그때 엄마 나이가 서른셋이었다.

지금 내 나이가 서른을 막 넘겼다. 지난날, 근교로 놀러간

애인이 벌에 쏘였다고 했을 때 어쩔 줄 몰라 하던 나는 스물아홉. 또다른 시절의 연인이 과로로 쓰러졌다는 연락을 받았을 때 인턴으로 일하던 곳에 먼저 퇴근해보겠다고 차마 말하지 못해 전전긍긍하던 나는 스물여섯. 그때의 나는 무엇을 할 수 있었을까. 병원비, 택시비. 나에게 주어진 짐들과 당장 해야 하는 일들이 너무 빨리 머리에 떠올라서, 그것들을 저울질하며 그저 상대에게 미안해지기만 했었는데.

밉고 싫다면서 굳이 굳이 이 이야기들을 적는 건 미워하고 싶지 않아서인 것 같다. 책임질 일들을 너무 빨리 짊어졌던 엄마는 그 에너지가 다 소진되었는지, 이젠 아무것도 책임지고 싶어하지 않는다. 당장 한 달 후의 일도 계획하지 않고 "어떻게 하려고 그래?"라고 묻는 내 질문에도 그저 말 돌리기 바쁜 엄마. 그런 엄마에 대한 이야기를 적는 건 아무래도, 미워하고 싶지 않아서다.

그리고 나는 엄마가 청양고추를 그만 먹었으면 좋겠다. 반찬에, 국에 청양고추 대여섯 개를 썰어넣는 엄마를 보면서 "어떻게 그렇게 맵게 먹어요?" 하고 사람들이 물으면 어린애 같은 우리 엄마는 보란듯이 청양고추를 더 많이 집어들고 의

기양양하게 썰어넣을 거다. 교회에서 엄마에게 '역시 화장실 청소는 박집사님이 제일 잘한다'고 하면 엄마는 손목에 파스를 붙이고서도 벅벅 솔질을 하니까. 당장 한 달 후의 계획도 없이 눈앞의 불을 끄기에만 바쁜 엄마의 매일매일이, 엄마의 삶 전부를 너무 빨리 닳게 하면 어쩌지.

이건 학창 시절에 백일장에 써 냈던 동시다.

고추

엄마가 고추를 먹는다

새빨간 고추장에 찍어서
아작아작 씹으면 맛있는 소리가 난다
나도 따라서 먹는다
새빨간 고추장에 찍어서
아작아작 씹으면
아우, 매운 냄새에 헛기침만 콜록콜록

엄마 이런 걸 왜 먹어 하고
똘똘한 눈으로 물으면
엄마가 대답한다

사랑하는 아이야
엄마 마음에는 차가운 게 많아
쌓이고 또 쌓여서 딱딱하게 굳었는데
그래 이 고추 하나를 먹으면
조금씩 녹는단다

그 말 하고
엄마가 다시 고추를 먹는다

인력 사무소

얼마 전에 묵의 집에 놀러갔다. 혼자 사는 묵의 집은 방이 세 개나 되는 큰 집인데, 묵은 바쁘니까 청소부를 부른단다. (그리고 묵은 청소를 잘 못한다.) 그럼 묵이 출근해 있는 시간에 청소부가 와서 깔끔하게 청소를 해놓고 문자를 준다. 하루는 그 문자를 살짝 훔쳐보며 마음이 뜨끈했다. 회사의 정책인 듯 청소부의 프로필 사진은 증명사진, 그리고 메시지 창에 자신의 이름이 크게 적혀 있다.

'집에 도착했습니다. 깨끗한 클리닝이 되도록 노력하겠습니다.'

첫번째 메시지는 오타 하나 없는 완벽한 문장이다. 아마 회사에서 자동으로 보내주는 거겠지. 청소부 아주머니가 묵에게 진짜로 하고 싶은 이야기는 오타투성이다.

'고객님다음주애는뚤러뻥사넣으세요하수구가막혔여요냉동시레음식쓰래기는싱트대에꺼내노으세요.'

하수구가 막혔으니 뚫어뻥을 사놓으라는 말, 반찬 버릴 것은 청소하는 날짜에 맞춰 냉장고에서 꺼내놓으라는 말은 띄어쓰기도 되어 있지 않았다. 조그만 휴대폰 자판을 꾹꾹 누르고 있을 그 모습을 생각하니 마음이 뭉클했다. 이런 마음을 가지면 안 되는데 아주머니가 만들어내는 그 멋지고 단단한 하루의 일과를 보면서 왜 마음이 시큰해지는지.

문자를 보낼 줄 모르는 우리 엄마는 인력 사무소에서도 혼났겠구나. 쯧쯧거리는 불량한 시선을 견뎌야 했을지도 모르겠구나. 그런 곳에라도 나갔으면 좋겠다고 내가 등을 떠밀었구나. 그런 상황 속에서 현명하게 처신해야 하는 게 어른의 일이라고 생각하면서, 그렇게 생각할 여유가 없는 마음을 주물렀구나. 마음이 아프다. 미운데 마음이 아팠다.

어릴 적의 나는 또래보다 똑똑했고, 그런 나의 엄마는 또래보다 순진했으므로 엄마는 기억하지 못하는 것들도 나는 기억하고 있다. 내가 초등학생 때 엄마가 파출부로 일하고 받아온 일당은 3만 원. 가정환경조사서에 부모님의 월급을 적는 칸에 나는 90만 원이라고 적었다. 셈이 빠른 나는 한 달이 삼십 일이라는 걸 알고 있었으니까. 엄마로 하여금 삼십 일을 내내 일하게 만들었던 건 단순한 계산이 아니라 현실이었을지도 모르겠다. 당장 밥을 먹여야 하는 존재들이 존재한다는 현실. 당장 준비물을 사서 학교에 들여보내고, 하루가 다르게 크는 몸에 맞춰 입힐 옷을 사야 하는 그런 존재가 존재한다는 현실.

언젠가 좋아하는 사람이 내게 물었다. 너의 장점이 뭐냐고. 딱 일 초만 뜸을 들이고 자신 있게 대답했다. "나는 바르고 성실한 사람이야. 구겨진 마음을 펼 줄 아는 사람이야. 접힌 마음의 자국들을 부끄러워하지 않는 사람이야. 그 자국들마저 기분좋은 웃음으로 잇는 사람이야." 정말 딱 일 초만 쉬고 말했다. 그렇게 말할 수 있는 건 엄마 때문이다. 엄마를 미워하고 좋아하는 이유를 생각하며, 딱 일 초만 쉬고 그렇게 말했다.

엄마 카드

"안방에 화장대 보면 엄마 카드 있어. 그걸로 점심 시켜 먹어. 자장면 먹을 거야? 그럼 곱빼기 먹어. 보통 먹을 거면 엄마 카드 쓰지 마. 알았지?"

버스 옆자리에 앉은 아주머니의 통화를 엿듣고서 어느새 나도 열 살 어린애가 된다. 어릴 적, 학교에 다녀오면 곧장 주방으로 갔다. 엄마가 출근 전에 급하게 차려놓은 밥상엔 밥풀로 붙여놓은 메모지와 천 원짜리 한 장이 함께 놓여 있었다. 카드는 쥐여주지 못했지만 내가 받아든 건 언제나 곱빼기 같은 마음. 무탈한 기분으로 낮잠을 잘 수 있게 한, 익숙한 애정.

호의가
통하는 사이

몇 년 전 우연한 기회로 한 아이돌의 콘서트에 간 적이 있다. 평소에 좋아하기도 했던 그룹이었는데 마침 관련 분야에서 일하는 친구가 콘서트 티켓이 두 장 나왔다고 같이 가자고 했다.

연세대 노천극장. 야광봉을 흔드는 학생들 사이에서 나도 열심히 소리를 지르다 왔다. 뜨겁던 공연이 끝나고 집에 오는 길에는 신기한 광경을 봤다. 공연이 끝난 시간은 대략 밤 열한시에서 열두시 사이. 콘서트장 밖엔 사십대쯤으로 보이는 어른들이 삼삼오오 모여 있었다. 상당수 팬들이 어린 학생이었는데 부모님들이 차를 끌고 자녀들을 마중나온 것이었다. 학교나 학원 앞에서 부모님 차를 타고 집에 가는 학생들은 봤지만, 이렇게 문화생활이 끝나고 나서 엄마 아빠와 다정하게 집으로 돌아가는 동생들의 모습을 보니 내 마음에 따뜻한 바람이 부는 것 같았다. 물론 부모님들이 다 같은 마음으로 이 동생들을 마중나온 건 아니겠지. 다음 시험에서의 불가능한(?) 점수를 약속 받았거나, '이 가수들처럼 나도 좀 사랑해주지' 하고 생각하는 아빠들이 있었을지도. 각자 내가 모르는 사정과 이야기가 있겠지만, 다 떠나서 그날 내가 본 풍경은 참 훈훈했다는 이야기.

나도 학창 시절에 연예인을 좋아해서 많이 따라다녔다(현재진행중이기도 하다). 초등학생 때부터 중학생 때까지가 절정이었는데 그 이유는 내가 고등학생이 될 무렵, (지금도 너무) 좋아하는 그분이 해외로 활동 방향을 돌렸기 때문이다. 아마 계속 국내 활동을 이어갔다면, 입시 공부가 조금 더 힘들지 않았을까 싶다.

그래서인지 나중에 내 아이가, 혹은 조카가 연예인을 좋아하게 된다면 전폭적으로 지지해주는 어른이 되고 싶다는 생각을 많이 했다. 연예인을 좋아한다는 건 누군가를 '조건 없이 좋아할 줄 아는 마음의 시작'이라고 생각하기 때문이다. 적어도 내 경험은 그랬으니까. 어떤 대가를 바라고 마음을 주고 시간을 쓰는 게 아니라 그냥 그 사람을 좋아하는 순간이 그 자체로 더할 나위 없이 좋았어서. 누군가를 좋아하는 건 행복이고 그런 내 모습도 참 좋았고.

얼마 전에는 한 가수가 쓴 에세이를 읽었는데, 거기에 열성팬과 관련된 일화가 나왔다. 어디서 공연을 하든 늘 보러 오고, 생일도 항상 챙겨주고, 생일날 함께할 수 없으면 케이크 사진이라도 찍어서 보내주는 한 팬의 이야기. 해당 에피소드를 읽는 내내 그 팬의 마음이 어떤 건지 알 것만 같아서 마음이 움찔움찔했다. 또 그 마음을 있는 그대로 예쁘게 바라봐주는 가수를 보며, 내가 좋아하는 연예인 생각도 나서 괜히 미소가 지어졌다.

누군가에게 받는 엄청난 호의에 대해서 생각해봤다. 연예인과 팬의 관계를 떠나서 일상의 인간관계에서도 우리는 호의를 주고받으며 살아간다. 지나가는 길에 내 생각이 나서 샀다는 작은 선물이나, 갑자기 생각나서 연락했다는 문자메시지들. 만난 지 얼마 되지는 않았지만 너무 좋은 사람 같다는 칭찬. 오늘은 그냥 내가 사주고 싶어서 그러니 마음껏 먹으라는 사람과 함께하는 술자리.

가뜩이나 사람을 어려워하는 나에게 호의라는 건 쉽지 않은 개념이다. 어디까지가 호의고 어디부터가 부담인지 적절히 선을 긋는 게 너무 어렵다. 평소에 편하게 지내던 사람이라도 호의가 깊어지면 나는 상대의 눈치를 보게 된다. '아니, 이 사람은 나에게 왜?' 상대가 나에게 잘해주는 만큼 나도 언젠가 그만큼 보답해야 할 것만 같아서 이내 부담스러워지곤 했다. 내가 좋아하는 연예인들처럼 최선을 다한 좋은 무대를 보여주거나 멋진 연기를 통해 호의에 보답하는 게 내 역할이 아니라는 것을 아니까. 나는 어떻게 보답해야 하는 거지? 상대가 보인 호의만큼의 호의를 보이기 위해 노력해야 하는 걸까. 역시 잘 모르겠다.

그런데 생각해보면 무조건 넘치게 주고 싶은 사람이 꼭 있는 것 같다. 넘치게 주고 나서 하나도 기대하지 않는다고 하면 거짓말이겠지만, 깊은 곳에서 마음을 자꾸자꾸 꺼내서 전해주는 행복이 참 크다는 걸 알게 해주는 사람이 분명히 있다. 그런 사람들은 꼭 내가 좋아하는 연예인 같다. 그렇게 생각하면 마음이 조금은 편해진다. 우리 삶이 알고 보면 다 기브 앤 테이크라지만 어떤 건 죽었다 깨어나도 기브 앤 테이크가 될 수 없는 법이라고, 그렇게 믿고 싶어지는 사람. 그래도 괜찮은 사람이 있는 거다. 사랑하는 너에게 내가 넘치는 마음을 주었다고 해서 꼭 너로부터 넘치는 마음을 받아야 하는 건 아니라는 걸, 그렇지 않아도 괜찮다는 걸, 그럴 수 없는 경우도 있다는 걸 살다보니 조금 알 것 같다.

호의는 바싹 부르튼 마음에 살살 발라주는 연고 같은 거니까, 이미 태어난 호의는 사라지지 않았으면 좋겠다. 다만 가끔은 셔틀콕처럼 두 사람 사이를 왔다갔다하거나 졸졸 흐르는 강물처럼 그저 마음에서 마음으로 전해졌으면. 엄청난 호의를 받는 일에도, 주는 일에도 너와 내가 조금은 무던해졌으면.

다음에

나중에라는 말보다 다음에라는 말이 더 좋다.

별 차이가 없는 것 같기는 해도 기약 있음과 기약 없음의 미묘한 온도 차에 마음이 크게 덴다.

나중에 말고 다음에 봐. 다음에 나 한번 데려가.

언플러그드 보이

나는 늘 가난한 편이니까 여유 있는 사람들을 만나면 주눅들었다. 좋아하는 사람이 비싼 밥을 사주거나, 내가 한두 번씩 쓰다듬기만 하고 망설이는 것들을 아무렇지 않게 사주면, 그게 애정처럼 느껴져서 마음이 하늘 끝까지 붕 뜨면서도, 내가 상대에게 무얼 해줄 수 있는지 고민했다. 할 수 있는 게 애정의 표현뿐이라는 생각이 들면 '보고 싶다'는 말을 그렇게 많이 했다. 좋아하는 감정을 감당하며 누군가와 오래 보는 것. 이게 내가 생각하는 연애인데, 아무래도 나는 연애에 서투르니까 내가 내뱉었던 좋아한다는 말이 꾸밈없는 애정처럼 다가가지 않았을 것 같아 조금은 아쉽고 부끄러운 마음이 들었다.

예전의 나는, 마음이라는 건 화수분처럼 자꾸 솟아나는 거여서 내가 그 마음을 주고 또 주어도 사라지지 않을 거라 생각했다. 그 생각이 지금도 크게 변하지는 않았다. 여전히 누군가를 좋아하면 햇살 좋은 봄날, 내 키보다 훨씬 커다래서 고개를 꾹— 젖히고 바라봐야 하는 은행나무처럼, 노랗게 물들기 전 초록잎들이 무성한 그 나무처럼, 오고가는 출퇴근길 거리를 온통 채울 만큼 조잡한 애정들이 가득가득 생겨나는 사람이라서. 휴대폰에 남아 있는 메시지의 상대가 여전히 그립고, 어제 잠깐 만난 눈빛이 예뻤던 사람이 자꾸 생각나서 오늘까지 꼭 해야 하는 일들도 처리하지 못하고 내일로 미루고만 있다.

좋아하는 마음의 모양에 정답이 있는 게 아니라고 말해준 건 천계영의 만화 『언플러그드 보이』의 지율이었다. 이루지 못할 사랑이라고 해서 애써 잊는다든가, 새로운 누군가를 좋아하게 됐다고 해서 죄책감을 가질 필요는 없다고.

"그 사람이 먼저 좋아했는데, 좋아하는 마음이 먼저 작아진 것도 그 사람이었어"라고 내가 좋아하는 사람이 테이블을 사이에 두고 나에게 말했을 때 마음이 무척 아팠다. 나도 조금은 잘난 척을 하고 있었다. 먼저 호감을 표시해준 사람에겐 내가 조금 이기는 것 같고, 내가 먼저 호감을 표시한 사람에겐 내가 조금 지는 것 같았거든. 그래서 먼저 호감을 표시해준 사람이 또 먼저 멀어져갈 때는 처음부터 여기에 그 마음이 없었던 건 아니었을까, 허전한 기분이 들었다.

누군가를 향했던 마음이라면, 그게 주인을 찾지 못하거나 거절당했더라도 괜찮다. 가난했던 내가 줄 수 있는, 유일하게 넘치게 줄 수 있었던 마음들은 넘쳐도 소중한 거라고 생각한다. 과해도 반짝이는 거라고. 과잉되어도 미워할 수 없는 거라고. 다시는 없을 마음이라고.

대여점 시대의 끝자락

나는 대여점 시대의 끝자락에서 자랐다. 꼬맹이가 잘 자라려면 사랑도 듬뿍 받아야 하고 맛있는 밥도 잘 챙겨 먹어야 하겠지만, 나를 키운 건 초등학교를 나온 조그만 동네의 대여점 두 곳이라 말하고 싶어진다. 그래서 키워준 대로 잘 자랐느냐고 묻는다면 '글쎄?' 하고 얼버무리게 되겠지만.

등굣길 골목에 있던 '열린책방', 다니던 교회 앞에 있던 '깨비책방'. 만화책은 한 권에 2백 원. 잡지는 5백 원이었다. 거기서 빌려 보았던 수많은 만화책들. 가끔은 선생님처럼 어른이 된 기분으로 빌려 읽었던 소설책들이 지금의 내 모습을 만든 것도 분명하다. 대여점 앞에 있던 빨간 우체통도. 내가 초등학생일 때 이모는 좋아하는 사람한테 매일매일 연애편지를 적었는데 그걸 우체통에 넣는 일이 나의 하루 일과의 시작이었다. (이모는 나랑 열네 살 차이. 이제 막 이십대의 중반을 향해 달려가고 있을 시절이었다. 이모가 연애편지의 상대와 잘됐으면 좋았겠다는 생각도 든다. 요즘 이모를 힘들게 하는 이모부가 너무 미워서.)

내가 대여점에 들락날락거리게 된 건 초등학교 삼학년 때부터였다. 우리 가족은 매년 여름이면 원주에 있는 이모할머니 댁으로 휴가를 갔었는데 거기에는 내 또래의 사촌들이 있었다. 자그마치 오남매들. 나보다 나이 많은 누나 둘이 있었는데 대부분의 유년기가 그렇듯 나보다 한두 살 많은 사람들의 말과 행동이 겉멋 들어 보이면서도 따라 하고 싶은 마음이 드는 것이었다. 나보다 조금은 성숙한 그 무리에 어떻게든 속하고 싶고 인정받고 싶은 마음이 들었다. 그때 누나들이 나를 사랑방으로 불러서 서랍 속을 보여줬다. 거기에는 만화책 『오디션』이 빼곡했는데 내가 그만 거기에 빠져버린 것이다. 누나들이 책을 한 권 한 권 들어 보이며 얘는 누구고 얘는 또 누구인데, 이게 무슨 내용이냐면…… 하고 밤새 재잘

거렸다. 때마다 방문하지만 여전히 낯선 이모할머니 댁. 내가 좋아하지만 완전히 다 알지는 못하는 사촌들. 사랑방에서 덮고 자던 손님용 여름 이불. 그게 나의 기대를 한껏 부풀린 건지도 모르겠다.

집으로 돌아온 나는 바로 깨비책방에 가서 『오디션』을 빌려봤다. 너무나 재밌었고, 나는 주인공들과 금세 사랑에 빠졌다. 지금까지도 무척이나 좋아하고 있고, 천계영 작가는 내가 가장 존경하는 사람 중 한 명이다. 그는 내 인생에서 정말 많은 부분을 차지하는 어떤 존재다. 그리고 그때 '완결' 나지 않는 작품을 보는 슬픔도 동시에 알게 되었다. 『오디션』을 어떻게든 빨리 보기 위해 단행본으로 묶이기 전에 연재되던 만화잡지 『윙크』를 사수하기 시작했고, 그 만화잡지에 나온 다른 만화들도 보게 되었다.

십대 시절은 거의 비슷한 레퍼토리였다. 수업이 끝나면 만화책을 빌려서 집에서 읽고, 밥 먹고, 숙제를 하다가 식탁에 엎드려서 잠자고. 퇴근하고 집에 온 엄마가 방에 들어가서 자라고 깨우고. 매월 1일과 15일이면 가장 먼저 만화잡지를 빌리기 위해 아침부터 대여점에 가서 살다시피 했다. 인터넷이 귀했으니까, 그때는 빠르고 정확한 정보랄 게 없었으니까 대여점에서 부록을 보고 나서 서점으로 갔다. 용돈의 반을 털어서 잡지를 사고 나면 그렇게 행복했다.

대여점 시대를 함께 겪은 사람들을 보면 더 반갑지만, 대여점 시대를 겪지 않았어도 마음의 결이 같은 사람들을 만난다. 그때의 경험이 지금 내가 가지게 된 감성의 팔 할을 결정한다고 생각하지만, 대여점 시대를 겪지 않았어도 또다른 경험의 대체재가 있었을 거라는 믿음은 있다. 무언가가 새롭게 내 마음을 채워줬겠지. 그래도 나는 그때 내가 겪었던 경험들이 소중하고, 변함없이 내 전부라는 생각을 한다.

누군가를 만나면 깊게 푹 빠지고 헤어지면 잘 빠져나오지 못하는 나를 보고 사람들은 말한다. (그리움이 커서인가, 모든 일이 한 사람과 연관되는 것 같아 조금 속상한 마음이 들지만.) 괜찮다고, 살아 있는 사람도 대체재가 있다고. 꼭 그 누군가여야 할 이유는 없다고. 내가 사랑하는 사람들이 해주는 얘기니까 사실이라는 걸 안다. 사실이 아니더라도 믿고 싶고.

그 사람은 내가 겪은 시대의 끝자락의 기억이어서 아마 마음이 오래가겠지. 깊이 추억을 남기겠지. 그 사람이 아니어도 상관없는 인생이지만 그 사람을 통해 나란 사람의 무언가는 자리를 잡아갔겠지. 그게 결국 인생이 될 거라고 생각하니까 조금 서운하면서도 많이 위로가 됐다.

유니콘

내가 좋아하는 걸 상대도 좋아한다는 사실을 알게 되면 무장해제되는 순간이 있는데, 나에게 있어서 『오디션』은 항상 그렇다. 처음 보는 사람과 얘기를 하다가 『오디션』을 재밌게 봤다고 말하는 사람을 만나면 어떻게든 가까운 사이가 되고 싶어 안절부절못했다. 누군가에게 취향을 강요할 수 없다는 걸, 그럴수록 그 취향에서 멀어지게 된다는 걸 깨닫게 되었지만 그래도 조금 친한 사이가 되었다고 생각하면 나는 제발 『오디션』을 봐달라고 애원했다. 자식들에게 좋은 것은 다 해주고 싶은 부모님의 마음처럼, 좋은 걸 자꾸자꾸 보여주고 싶어서. 내 욕심인 거 다 알지만.

『오디션』은 네 명의 천재 소년이 가수가 되기 위해 밴드를 꾸려 오디션에 참가하는 내용의 만화이다. 한때 시대를 풍미했던 엠넷의 〈슈퍼스타K〉 원작 버전이라고나 할까. 토너먼트 공개 오디션이라는 개념이 생소한 시기의 이야기다.

예전에 천계영 작가의 인터뷰를 본 적이 있다. 나중에 꼭 해보고 싶은 일이 있냐는 질문에, 소소한 파티를 열고 싶다는 답을 했다. 그 파티의 드레스코드는 바로 그동안의 작품 속에 등장한 캐릭터의 의상. 꼭 그 파티가 열리면 좋겠다고 친구들과 이야기하면서, 핼러윈의 화려한 밤거리를 상상하며 코스프레하고 싶은 캐릭터들을 떠올려봤다. 나는 아무리 생각해도 하나밖에 떠오르지 않았다. 유니콘.

내가 『오디션』에서 가장 좋아하는 캐릭터는, 유니콘이다. 유니콘은 재활용밴드(천재 소년 주인공 네 명이 결성한 밴드)가 본선 2차에서 맞붙게 되는 상대팀이다. 최고의 전성기를 누리던 시점에 갑작스럽게 은퇴한 삼인조 댄스그룹인데, 오랜 공백을 깨고 다시 오디션에 참가해 극에 흥미를 더한다. 『오디션』이 판타지는 아니지만, 유니콘은 신기하게도 이마에 뿔이 달린 '인간'으로 등장한다. 그래서 팀명도 유니콘인 것이다. 이 만화에서 그렇게 큰 비중을 차지하지 않음에도 내가 유니콘을 좋아하는 이유에 대해 생각해봤다. 아무래도 미워할 만한데 미워할 수 없는 존재들을 나는 좋아하는 것 같다. 적이지만 적이라고 생각되지 않는 사람들, 미워하고 싶은데 미워할 수 없는 사람들, 경쟁자이지만 우리의 경쟁에서 상처받지 않았으면 좋겠다는 마음이 드는 사람들을.

재활용밴드는 유니콘의 트리뷰트 밴드가 되어 유니콘의 데뷔곡이자 최대 히트곡인 〈알리콘(유니콘의 이마에 난 뿔)〉을 부른다. 그 노래의 가사를 나는 참 좋아한다.

'눈을 의심하겠지. 아무도 해치지 않는 뿔, 나의 알리콘에 대해. 너희가 우리 존재 믿지 않으면 우리도 너희 존재 믿지 않겠어. 우리도 똑같이 말해줄게. 너는 없다. 너는 없다. 너는 없다고.'

이마에 뿔이 달려서 사람들이 신기하게 바라보기도 했지만, 누군가는 보고도 믿지 않으려고 했다. 믿을 수 없다기보다는 믿기 싫어했다는 것. 언제나 들어온 얘기, '유니콘은 없어'.

이마에 뿔을 달고 노래하는 그들에게서 내 모습이 겹쳐 보였다면 그건 나의 자격지심인 걸까? 존재하고 있지만 존재를 부정당하는 상황들이 닥칠 때마다 나는 사실 많이 힘들었다. 보통의 범주에 들어가지 못할 때나, 모두가 하나의 시선으로 바라보는 가치에서 살짝 벗어나 있을 때, 사랑하는 사람들이 나에게 기대하는 모양과 자꾸 다르게 자라고 있는 나 자신을 인정해야 할 때 그랬다.

그때 난 유니콘이 고마웠다. 이마에 뿔이 달린 말이 어딘가에는 있을 거라고 생각하는 게 위안을 줬다. 그렇다면 이마에 뿔이 달린 사람도 있을 수 있겠지. 그리고 그 사람들이 구김 없는 마음으로 자신의 존재에 대해 노래한다면 내가 그 노래를 듣고 힘을 내도 되겠지. 우리 존재를 믿지 않는 사람들을 나도 믿지 않아도 된다고, 나를 부정하는 사람들을 나도 사랑하지 않아도 된다고 소리쳐도 되겠지.

이마에 뿔이 달린 말을 상상하는 일은, 꿈같다. 꿈같은 희망 같다. 희망 같고 행복 같다. 신형철 평론가의 책 『슬픔을 공부하는 슬픔』에는 다음과 같은 구절이 나온다. "희망은 '희망 있다고 믿는 능력'의 산물." 희망을 가치 있게 만드는 것은 세상 어딘가에 분명한 희망이 존재한다는 사실이 아니라, 희망이 존재하고 있을 거라는 희망을 품는 데 있다는 말이다.

'괜찮아질 거야'라는 말. 이 말이 아마도 유니콘의 존재처럼 내가 끝까지 존재한다고 믿고 싶었던 희망의 모습일 거다. 괜찮아질 거라는 말의 무책임함에 많이 상처받기도 했고, 그 말의 무기력함을 많이 미워하기도 했지만 이건 결국 내가 믿고 싶은 희망이다.

존재하기조차 힘든 상황에 처해 있는 누군가에게, 환경에 굴복하지 말고 최선을 다해, 라는 말은 아무래도 할 수가 없다. 만약 누군가가 언젠가의 나처럼 감당할 수 없이 어려운 상황에 처해 있다면, 그에게 그 말이 얼마나 무기력하게 들릴지 알 것만 같아서. 대신 그때의 나에게는 어떻게든 거기서 탈출을 하라거나, 나를 부정하는 사람들을 마음껏 미워해도 좋다거나, 분명히 어딘가에 꼭 존재할 좋은 사람을 만나기 위해 노력하라는 말이 더 필요했다. 돌이켜봐도 눈물나게 고마운 사람들은, 하굣길에 나를 교무실로 불러 내 가방에 문제집을 몰래 넣어준 담임 선생님이나, 자신이 받고 자란 사랑을 재지 않고 나에게 베풀어준 친구들이었다. 고마운 사람들이 준 힘으로 잘 자랄 수도 있었고, 오롯이 혼자 싸워야만 하는 순간에 그 힘을 발휘해 어려운 상황들과 맞설 수도 있었다.

답이 보이지 않는 상황 속에서 좌절할 힘밖에 없다면, 그 상황들을 해결하려고 혼자만 애쓰지 말라고. 다만, 좋은 사람이 언젠가 다가올 거라는 믿음을 꼭 품으라고. 그런 사람들을 만났을 때 부끄러워 숨지 않는, 떳떳한 사람이 되는 것으로 충분하다고. 거짓말 같거나 허황돼 보이는 희망들을 마음에 품고 살아도 괜찮다고. 어른이 되고 나서도 유니콘의 존재를 믿어도 충분히 괜찮은 거라고.

무공해가 되자

대학 시절, 나는 '스펙을 위한 스펙은 쌓지 않는다'는 철학을 가지고 있었다. 남들보다 조금 부족하고 뒤처진다는 생각이 컸는데 그 두려움을 없애기 위해, 스스로를 속이면서 호기로운 다짐을 했었구나. 그 생각으로 불안함들을 버텨내고 살았구나 싶어서 그때의 내가 대견하면서도 등을 찰싹 때려주고 싶은 마음이 든다.

막 군대를 전역한 2011년의 겨울방학에 친구와 제주도에 내려가 감귤공장에서 돈을 벌었다. 겨울방학의 시작부터 두 달 조금 넘게 일을 했다. 부모님의 근무 변화로 갑작스럽게 제주도에 가서 살게 된 친구의 꼬임에 넘어갔던 건데, 지금이라면 쉽게 할 수 없었던 선택을 그때는 어떻게 그리 쉽게 할 수 있었는지. 아무래도 군대를 갓 전역한 상태라 그때는 뭐든 할 수 있는 사람이 되었던 것 같다. 그리고 왠지 막연한 희망 같은 게 있었다. 익숙한 곳에서 벗어나 좋아하는 친구랑 함께 쌓아갈 즐거운 일상에 대해. 그러나 그 기대는 제주도에 도착한 지 하루 만에 산산조각이 났다.

감귤공장에서의 일은 힘들고 고된 과정이었다. 젊어서 고생은 사서도 한다는 말을 이제야 웃으며 한다. 감귤공장에서 일했다고 하면, 사람들은 감귤밭에서 수건을 목에 두르고 가지에 풍성하게 달린 반짝이는 주황빛 열매들을 따서 예쁜 바구니에 넣는 모습을 상상한다(사실 내가 그랬다). 〈삼시세끼〉도 〈효리네 민박〉도 없었고 〈리틀 포레스트〉가 개봉하지도 않았던 시절, 내가 꿈꾸던 제주 라이프의 모습은 그랬다. 한적한 농가의 풍경을 뒤로한 채 눈에는 싱그러운 풍경을 담고, 손끝에는 상큼한 과실들이 연이어 닿는 것. 그런데 우리의 실상은 두 달 내내 햇빛이 들지 않는 컨테이너 공장에서 일하는 것이었다. 친구는 수확한 감귤을 선과(과실의 성상과 크기, 무게

별로 구분하는 작업)하고, 나는 선과된 감귤을 포장하고 나르고 쌓는 일을 했다. 원래 자기가 겪은 일들은 약간 과장해서 말하기 마련인데, 정말 거짓말 하나도 보태지 않고 나는 온 세상의 감귤은 우리 공장에서 다 만드는 줄 알았다.

한번은 감귤을 포장하고 박스에다가 '무공해'라는 도장을 찍고 있었다. 모든 선과장이 그런 건 아니겠지만 그곳에선 작업자가 그날의 기분에 따라 선택할 수 있는 도장이 하나 있었다. 여행지에서 찍는 기념 스탬프처럼 감귤상자에는 기본으로 서너 개의 도장이 알록달록하게 찍혔(어야 했)다. 구매를 촉진시키는 '효돈감귤'이라는 도장은 필수(실제로 효돈감귤이었다). 과실의 크기에 따라 등급 도장도 필수, 그리고 마지막 도장이 내가 선택할 수 있는 것이었다. 도장의 종류는 지금 얼핏 떠올려봐도 열 개 넘게 생각날 만큼 많았다. 예쁜이, 장군감, 토실이, 영양만점, 상큼이, 무공해, 일당백, 청정해 등등. 감귤공장 초보 일꾼이었던 나는 늘 혼자서 도장을 고르지 못하고 같이 일하는 사람들에게 오늘의 도장으로 무엇이 좋을지 의견을 묻고는 했다. 그렇게 선택된 그날의 도장은 바로 '무공해'였다.

나는 같이 일하던 삼촌들에게 이 귤이 진짜 무공해냐고 물었다. 삼촌은 말했다. "무공해는 개뿔. 감귤이 너무 지저분하니까 찍는 거야. 무공해라는 도장을 찍으면 조금 못생겨도 이해하니까." 그렇지. 사람들은 겉을 중요하게 생각하니까. 그 표면을 쉽게 믿으니까. 조금 배신감이 들기는 했지만, 그렇게 큰 충격은 아니었다. 그냥 다음에 감귤 사 먹을 때 무공해 도장이 찍혀 있는 걸 순진하게 전적으로 믿지는 말아야지 정도로 생각했었다. 타인의 그릇된 잣대라고 비난할 수 없는 그런 삶을 나도 살고 있었고, 그런 시선을 나도 품으려 했으니까. 겉만 보고 쉽게 판단하고, 그런 걸 알기에 겉을 가꾸기 위해 노력하고, 그러다가 실패하면 이렇게 무공해 도장으로, 감언이설로 감추기에 급급했던 것도 사실 모두 내 모습과 닮아 있었다.

그런데 이날의 경험이 마음속에 큰 짐으로 남아 있었나보다. 고민 없이 반복하는 단순한 작업을 할 때마다 도장들에 대해 생각했다. 예쁘다거나 청정하다거나. 입안에서 굴려 발음만 해도 내가 좇아야 할 당연한 가치들이라는 생각이 드는 단어들을 수백수천 번 찍어내면서 정말로 그런 모습들을 갖고 싶다는 마음이 생겼다. 그때 다짐했다. 철없어 보이더라도 사람들이 보는 겉모습을 절대로 내 플랜A로 세우지 않겠다고. 사실 여전히 나는 타인이 바라봐주는 내 모습이 좋았으면 좋겠고, 남들이 인정해주는 기본은 해내는 사람이었으면 좋겠고, 보기에 좋은 것들과 듣기에 좋은 것들에 대한 세속적인 욕심이 가득하다. 하지만 무언가를 선택할 때, 그 겉모습이 최우선의 기준이 되지 않도록 애쓰고 싶은 마음이 든다. 내가 어떨 때 진심으로 행복한지, 나에게 어떤 가치가 가장 중요한지 매번 고민할 때마다 딱 '정답'이라고 할 수는 없지만, 그 정답에 가까워지려는 노력이 언제나 말해줬다. 나는 무공해가 되고 싶다고. 누군가의 도장에서 탄생하는 무공해가 아니라, 그냥 세상에 떨어져서 비가 오고 햇빛이 들어 자란 무공해가 아니라(물론 이것도 좋지만), 비와 햇빛을 힘껏 받아들여 스스로 가지를 키워가는 무공해가 되어야겠다고. 그 가지 끝에 주황빛 열매를 맺는 그런 무공해가 되어야겠다고. 껍질이 더럽고 겉이 울퉁불퉁해도.

매일매일 다짐하지만 매일매일 불안한 삶을 산다. 사람들은 막연한 불안감에 떠는 날 보며 "분명히 잘될 거야. 네 앞날에 분명 무언가 있을 것 같아"라고 말한다. 예전에는 그 말이 참 부담스러웠다. 하지만 이제는 조금 더 기분좋게 받아들일 수 있는 사람이 된 것 같다. 나에 대한 사람들의 막연한 신뢰가, 내가 고군분투한 작은 노력들이 모여서 만든 것임을 이제는 알기 때문이다.

스물여섯. 면접관이 나에게 물었다.

"그래서 대근씨는 무공해가 되기 위해서 어떤 노력을 하고 있나요?"

"훗날 웃으면서 기분좋게 말할 수 있는 이야기 하나 더 만들기 위해 전전긍긍하고 있습니다. 수학을 잘 못하지만, 수학문제보다 더 어려운 삶의 우선순위를 정하느라 애쓰고 있습니다. 글을 쓰고, 그림도 그리고, 등산도 하고, 나와 비슷한 경험을 하게 될 아이들을 위해 봉사활동도 하고 있어요. 보고 들은 것을 기록하는 데 하루를 꼬박 쓰기도 합니다. 언젠가는 일주일을 몽땅 썼어요. 사람들이 알아주었으면 해서가 아니라, 내가 좋아서요."

내 인생의 송송회장

누군가 나를 알아봐주기를 늘 기다렸던 것 같다. 내가 미리 말하지 않아도 나를 찾아내주고 인사를 건네고 나조차도 모르고 있던 나의 최선을 톡톡 두드려 깨워주는 사람.

『오디션』에서 재활용밴드 역시 첫 무대를 향해 걸어가며 단 한 사람을 생각한다. 너무 떨리는 첫무대. 긴장을 늦추기 위해 가장 좋아하는 사람을 머릿속에 떠올리며 마음을 가다듬지만, 결국 첫무대를 보여주고 싶은 사람은 멤버 모두가 같다. 자신들을 천재라고 불러준 단 한 사람. 자신들을 알아봐준 단 한 사람. 자신들을 무대에 설 수 있게 해준 단 한 사람.

오디션을 주최한 송송레코드의 사장이자 재활용밴드 매니저인 송명자의 아버지. 죽기 전 명자에게 일기장을 건네며 자기가 예전에 만났던 네 명의 천재소년을 찾아 밴드를 결성시키라는 유언을 남겼던 바로 그 사람. 송송회장이다.

나에게도 송송회장이 있다. 내 인생을 변하게 해준 사람. 나에게 영감을 주고 삶의 방향을 제시해주는 사람들은 여럿 있지만, 변화의 계기가 된 사람을 꼽으라고 하면 딱 한 사람만이 생각난다. 연락이 끊겨 잘 지내고 있는지, 어떻게 살고 있는지 알 수는 없지만 변함없이 잘 지냈으면 좋겠다는 마음이 든다. 언젠가 마주치게 되면, 덕분에 내가 이렇게 컸다고 말해주고 싶어서 정말 멋지게 성장하고 싶은 마음이 드는 사람이 있다.

나는 매일 부지런을 떨지만 천성은 게으른 것 같다. 무언가를 알아보거나 미리 준비하거나 대비하는 일들에 젬병이었다. 더 좋은 것을 얻거나 그럴 수 있는 상황에 노출되는 일도 크게 원하지 않았다. 당연히 공부도 못했다. 핑계를 조금 대자면 관심이 없었다는 게 맞을 것 같다. 나는 공부에 관심이 없었고, 주변 사람들도 내가 공부하는 것에 관심이 없었다. 미래를 위한 노력보다 현재를 살아가기 위한 노력이 더 필요한 우리였다. 고등학생이 되고 나서도 아무도 나에게 공부를 하라거나 대학에 꼭 가야 한다는 말을 하지 않았다. 대신 선택은 자유지만, 그만큼 선택에 따르는 책임도 있을 거라는 사실을 넌지시 알려줬다. 가족들에게 학비도 용돈도 알아서 하겠다고 먼저 말했을 때, 고맙다거나 미안하다는 대답은 없었다. 그런 말을 듣고 싶었던 건 아니었지만. 그리고 그때도 지금도, 여전히 나는 엄마를 (미워하는 만큼) 좋아하고 할머니를 사랑하지만 사실 조금은 서운했다. 어쩌면 그 서운함이 내가 공부하는 이유가 되었을지도 모르겠다. 어쨌든 고등학교 삼 년 동안 열심히 공부해서 대학에 갔다. 대학이 내 인생에서 꼭 필요하다거나 필수라는 생각은 없었지만, 나에게 주어진 가장 큰 과제였다. 당시의 최선이었다. 하루를 성실하게 살아내서, 그 뿌듯한 마음을 전하고 싶은 한 사람이 있었고 그 사람과의 약속을 지키고 싶었기 때문이었다.

중학교 2학년 2학기 초에 학부모 상담이 있었다. 엄마는 오랜만에 블라우스를 꺼내 입었다. 엄마가 가진 가장 단정한 옷이었는데 교문 밖에서 만난 엄마를 교무실로 데려가면서 블라우스에 선명하게 남아 있던 구겨진 자국들이 창피했던 기억이 난다. 운동장에서 엄마를 기다리면서 엄마가 선생님께 어떤 얘기를 할지, 선생님은 엄마에게 무슨 얘기를 할지 궁금하면서도 조금 무서웠다. 열다섯 살의 나는 스스로가 늘 못 미더웠다. 좋은 아들이라는 믿음도, 좋은 학생이라는 믿음도 갖기 어려운 나이였다.

며칠 후 수업이 모두 끝나고 집에 가려는데, 선생님이 나를 교무실로 불렀다. 그러고는 내가 메고 있던 책가방을 열어 문제집을 한아름 넣어주셨다. 교사용 문제집을 과목별로 한 권씩. 다른 친구들에게는 비밀이라면서 검지손가락을 입에 가져다 댔다.

"애들한테는 말하면 안 돼. 그리고 선생님이 너 이걸로 공부 열심히 하는지 지켜볼 거야."

나는 아무 말도 못하고 고개만 끄덕이며 교무실 문밖을 나섰다. 집으로 가는 길. 가방에 가득한 문제집처럼 마음에는 어떤 벅차오름이 가득했다. 그건 아마도 누군가의 관심이 주는 감격의 무게였던 것 같다. 다른 누군가가 나를 지켜봐준다는 것. 나를 생각해준다는 것.

그때부터 공부를 하기 시작했다. 문제집을 열심히 풀었다. 교사용 문제집에는 이미 빨간색으로 정답이 모두 표시되어 있어, 사실 문제를 풀고 말고 할 게 없었지만 그 빨간 글자들이 내 삶의 방향이 되어줄 거라고 믿었다. 혼자서 풀기에 버거운 문제들을 안고 살아가는 아이에게 다정하게 내밀어주는 어른의 양손 같은. 그 손을 힘껏 잡고 놓지 않은 것을 지금도 나는 정말 잘한 일이라고 생각한다. 그때의 온기가 아직도 남아 있다. 단 한 사람. 그 한 사람을 잊을 수 없게 만드는 온기가.

하얀 쌀밥처럼
포근한 사람에게

남학교의 쉬는 시간은 대개 비슷한 모양일까. 나의 학창 시절에는 늘 몸을 부대끼며 노는 친구들이 있었는데, 가만히 있는 애들 뒤에서 몰래 레슬링 기술을 걸거나 갑자기 몸의 이곳저곳을 손으로 툭툭 치는 식이었다. 내 얘기는 아니고, 나랑 친한 친구가 늘 당하곤 했다.

고등학교 1학년 2학기 한겨울의 기억이다. 당시에 노스페이스 패딩점퍼가 유행이었는데 역시 나는 아니고, 나랑 친한 친구가 늘 노스페이스 패딩점퍼를 입고 다녔다. 하루는 장난을 치다가 누군가가 그 친구의 점퍼를 손으로 눌렀는데 바람이 빠지면서 그날 아침 식탁의 냄새가 났다. 된장찌개였는지 청국장이었는지 정확히 기억이 나지는 않지만 친구들은 그애의 패딩점퍼를 꾹꾹 누르며 놀렸다. 아침에 식탁 의자에 점퍼를 걸어놓은 게 실수라며 다 같이 한바탕 웃었다. 점퍼 주인인 내 친구의 볼은 조금 더 붉어졌고.

오늘은 점심으로 부대찌개를 먹었는데 그 짧은 시간에 김치와 햄 냄새가 겉옷에 몽땅 뱄다. 맛있게 잘 먹어놓고서는 사무실로 돌아가는 길 내내 계속 투덜투덜했다. 맛있게 잘 먹었으니까 투덜댈 수 있는 걸지도 모르겠다. 투덜이라는 말에 배어 있는 애정의 냄새. 입고 있던 옷을 옷걸이에 걸며 나도 모르게 웃음이 나왔다. 소매를 코에 갖다 대고서는 바닥을 쫓는 동네 강아지처럼 킁킁거렸다. 방금까지 내가 앉아 있던 곳의 음식 냄새를 맡으며.

지금까지 살아온 인생을 딱 절반으로 나누면 그때의 너를 만나겠지. 아침 식탁 냄새가 부끄러웠던 그때의 너를. 나도 옆에서 킥킥 웃었지만 사실 그 모습이 부러웠다는 건 이제서야 말해. 부러움이나 부끄러움을 고백하는 건 역시 그 당시보다는 두 배의 나이를 먹고 나서야 가능한 일인 것 같아.

언젠가 너희 집에 놀러갔을 때 거실로 새어나오던 주방의 풍경을 기억해. 도마 위 경쾌한 칼질 소리. 보글보글 찌개가 끓는 소리. 그리고 TV에서 흘러나오는 노래를 따라 흥얼거리던 네 어머니의 목소리도. 저녁 먹고 가라는 말씀에 우물쭈물거리다가 그만 너희 아버지 자리에 내가 앉아버렸잖아. 밥도 고봉으로 받아서 먹고.

짓궂은 친구들이 너의 패딩점퍼를 푹푹 누르며 놀릴 때 익숙한 그 냄새가 나서 금세 부러운 마음이 든 거야. 친구들의 웃음소리 뒤에 나의 그 마음을 감출 수 있기를 바란 거야. 식탁을 차려놓고 나를 기다리는 엄마의 모습을 본 지가 꽤 오래 되어서. 요리를 못하는 엄마의 음식 대신 여기저기서 시켜 먹는 음식도, 라면도, 캔참치도 나는 모두 좋아했지만 함께 식탁에 앉아 밥을 먹으며 엄마의 음식들을 불평하는 그 시간들을 그리워했나봐. 투덜투덜. 그러니까, 투덜이라는 말에 배어 있는 애정의 냄새.

언젠가 사람은 자신이 먹은 음식들로 그 삶을 설명하게 될지도 모른다. 그러니까 내 친구야, 너는 결국 잘될 거야. 매일 저녁 새롭게 짓는 하얀 쌀밥처럼 뽀얀 연기가 피어날 거야.

윤기가 흐를 거야. 언젠가 너희 집에 놀러갔을 때, 주방에서 새어나오던 노란 온기를 기억해. 너는 분명히 그만큼 포근한 사람이 될 거야.

나만 아는
비밀 같아서

여름을 싫어하는 사람과의 산책. 무언가를 너무 싫어하면, 그 무언가에 깊이 함몰되고 마는 것처럼, 그 사람은 여름을 싫어해서 여름에 갇힌 사람이었다.

봄을 잃어버린 사람. 늘 봄을 '이른 여름'이라고 불렀다. 그 사람의 계절은 여름과 겨울뿐이었는데, 그래서 계절을 조금 더 섬세하게 나눠 부르곤 했다. 이른 여름, 초여름, 한여름, 늦여름, 끝 여름. 그리고 이른 겨울, 초겨울, 한겨울, 늦겨울, 끝 겨울.

언젠가 5월에 우리는 해방촌에 갔다. 버스를 타고 다리를 건너는 길, 버스 좌석에 내려앉은 정오의 햇볕이 너무 예뻐서 나는 계속 날씨를 칭찬했다. 오늘 날씨 정말 좋다, 역시 봄이 좋긴 좋아. 그러자 그 사람은 그늘진 자리로 몸을 옮기며 벌써 여름이 온 것 같다고 했다. 계절이 두 개뿐인 사람의 여름 시작.

버스에서 내려서 언덕길을 오르락내리락하는 동안 우리 이마에는 어느새 땀이 송골송골 맺혔다. 더운 건 너무 싫다고 툴툴대는 그 사람 옆에서 나도 덥다고 툴툴대고 싶었는데 어느새 그 말이 쏙 들어갔다. 바라보면 웃음이 나서. 툴툴대기에는 마음이 많이 행복해서.

해방촌엔 많이 와본 적이 없다던 그 사람을 데리고, 나는 앞장서서 이곳저곳을 다녔다. 내가 아는 공간들을 소개해주고 싶어. 내가 이 언덕길에 이런 취향을 숨겨놨어, 예쁘지? 하고 자랑하고 싶어서.

그렇게 늘 내가 앞서 걷다가 한번은 네 뒤에 숨어 걸었을 때를 기억한다. 언덕길을 오르는 너. 유난히 새하얀 티셔츠를 입은 너의 등에 땀이 맺히고, 난 그 뒷모습을 쫓아가며 티셔

츠에 생기는 동그란 자국들의 개수를 셌다. 더워서 짜증나니까 뒤에서 그런 장난치지 말라는 너를 놀리며 나는 아이처럼 웃었다. 작은 동그라미들이 점점 커져서 하나로 합쳐질 때까지. 그 동그라미의 숫자들이 꼭 나만 알고 있는 연인의 비밀 같아서.

뜨거운 5월의 햇볕 아래서 참 잘도 걸었다.

과정을 잃어버리는 사람

사람을 좋아하게 되면, 나는 과정을 잃어버리는 사람이 된다. 나를 좋아하거나 싫어하거나 둘 중 하나 말고는 마음을 가늠할 수가 없다. 그렇게 조르고, 애도 타고, 기대하다가, 기쁜 순간도 조금, 설렘도 잠깐, 아쉬움도 잠시, 서운한 마음을 켜켜이 쌓는 버릇이 든다.

아마도 나는 과정을 잃어버리는 사람. 마음의 문을 열기 위해 애쓰는 과정도, 애정을 꺼내놓는 것이 조금은 더 신중한 누군가의 고민들도, 서서히 물들어가는 수채화 같은 감정들도 어른처럼 기다려주지 못하는 사람이 되어버린 것 같다.

천천히 기다리는 방법을 아무래도 잃어버린 사람. 좋아하는 그 사람도 과정과 함께 놓치고 잃어버리기를 반복하는 사람.

가을은 겨울이 되어가는 과정이라는 이야기를 들었다. 맞는 말일지도 모르겠다. 여름의 뜨거움이 차갑게 식어서 꽁꽁 얼어붙는 겨울로 가는 거라면. 여름과 겨울이 자석의 양극과 같은 거라면. 그 말 덕분에 기분이 조금 좋아졌다. 나는 요즘 같은 가을을 참 좋아해서, 가을 그 자체로 참 좋아해서, 어떤 결과를 이뤄내지 못하더라도 그 과정중에 있는 내가 꼭 가을을 닮았다는 생각이 들면, 좋다. 우리는 모두 과정 자체로 기분좋은 사람이에요. 가을처럼.

그루브

흐르는 음악에 모두가 똑같이 춤을 춰도 유난히 빛나 보이는 사람이 있다. 나의 두 눈은 그 사람만을 좇고 있다. 춤을 못 추는 나까지 신이 나서 흥겹게 리듬을 타게 만드는 것. 그건 그루브다. 다른 말로 표현하면 '매력'.

1

친구들과 각자가 가장 중요하게 생각하는 가치에 대해서 이야기한 적이 있다. 쓸모와 의미에 대해 얘기 나누던 술자리였다. 취기가 오른 얼굴을 손바닥으로 찰싹 때려가며 나름대로 신중히 단어를 골랐다. 마음속으로 생각해도, 혀를 굴려 소리로 내뱉어도 조금은 부끄러운 단어.

"나는 '그루브'라고 생각해. 그런데 내가 그루브를 가진 매력 있는 사람이 되려고 노력하다보면 비눗방울처럼 퐁퐁하고 터져버리는 것 같아. 마치 내 일기장에 신나게 적었던 일기를 다른 사람에게 보여주고 싶어서, 모두를 위한 글로 바꾸다보면 그 이야기에서는 내 모습이 점점 옅어지는 것처럼. 내가 모두의 마음에 들기 위해 무언가를 가공하다보면 날 아껴주던 단 한 사람조차 잃게 되는 것처럼."

2

선망하는 사람을 만난 적이 있었다. 모든 사람들이 입을 모아서 괜찮다고 말하는 사람이었다. 그 사람이 내 이름을 불러줬으면 좋겠다든지, 그의 일기에 내 이름 세 글자가 적혀 있으면 좋겠다는 생각이 드는 사람이었다. 다들 입 밖으로 그런 마음을 꺼내지는 않았지만 그 사람의 무언가에 대해 말할 때 입꼬리가 그리는 미소나, 목소리의 높낮이만으로도 그 호감의 크기를 가늠할 수 있으니까. 그저 들킬 줄 알면서도 아닌 척 시치미를 떼고만 있었다. 가끔 무언가를 너무 좋아하게 되면, 그게 나를 별 볼 일 없는 사람으로 만드는 일일까봐 걱정을 하던 때였다. 정말 좋아하는 무언가가 있다는 게 얼마나 고마운 일인지 모를 때였다.

그건 연애 감정과는 별개의 일인데, 좋아하는 사람도 아니면서 문득 이런 일에 자존심을 부리는 내 모습을 본다. 베스트셀러 서가에 꽂혀 있는 책에 대해 친구가 물을 때면, 재밌기는 한데 솔직히 꼭 읽어야 한다고는 말 못하겠다고 대답한다든가, 아이폰이 세련돼 보여서 몇 년째 고수하면서, 어떤 취향이나 유행에는 둔감한 듯 '어쩌다보니'라고 말하는 것. 이런 것들은 아마도, 매력적인 사람으로 보이고 싶어서 애쓰는 나의 매력적이지 않은 모습일 것이다. 그게 정말 나의 취향에서 나온 거거나 나의 판단에서 나온 거라면 아무래도 상관없는 일이겠지만, 그렇지 못해서 스스로가 마음에 들지 않나보다.

그날, 그 사람과의 만남은 좋았다. 대화의 적당한 속도, 테이블 위의 빈 공간을 어색한 목소리로 채우려 노력하지 않는 모습들도, 싫은 건 싫다고 좋은 건 좋다고 단호하지만 예의 있게 웃으면서 말하는 태도도. 그날 밤이 가졌던 유일한 단점은 나의 기대와 다른 점을 찾아내기 위해 상대의 깊숙한 곳을 들여다보지 못하고 상대의 표면에서만 머무르며 신경을 곤두세웠던 내가 아니었을까.

나중에 친구들을 만나 그 사람에 대해 말했다. 모두가 좋아하는 그 사람에 대해서. 썩 괜찮은 사람이지만, 나에게는 특별하지 않았다고. 그날 그 자리에서 우리만이 공유했던 섬세한 기억의 단편들을 친구들 앞에서 아주 구체적인 단어로 묘사하면서 나는 얼마나 특별한 사람으로 보이고 싶었던 걸까. 돌이켜보면, 모두가 호감을 가지고 있는 사람을 경계함으로써 나 역시 모두에게 호감을 받는 사람이 되고 싶었던 거라는 생각이 든다. 그리고 이제야 그 사람이 왜 모두에게 호감을 받았는지 조금 알 것만 같다. 그가 자꾸 생각난다. 그 사람이 가진 그루브가 나를 초라하게 만들까봐 전전긍긍하던 내 모습을 지우니, 넋 놓고 그를 바라보던 내 얼굴이 남는다. 마음 깊이 무겁게.

오줌 참기

택시를 탔던 날이다. 기사님이 지금 라디오에서 나오는 노래가 뭔지 아느냐고 묻기에 나는 들어본 것 같긴 한데 잘 모르겠다고 답했다. 어릴 적부터 이모들과 살면서 나름 오래된 노래들을 많이 안다고 자부했지만, 그래봤자 90년대 중후반의 노래들이었고 김국환까지는 아니었다. 기사님이 말을 이었다.

"이게 택시기사들이 가장 좋아하는 노래야."

"왜요?"

"제목이 〈타타타〉거든."

길을 달리며 기사님과 함께 노래를 들었다. 이 노래 때문인지, 옆에 앉은 기사님 때문인지 왠지 아빠 생각이 났다. 아빠는 내가 여덟 살이 되던 해에 돌아가셔서 사실 별 기억이 없다. 더구나 건설현장에서 일하셔서 전국을 전전하다가 몇 달에 한 번씩 집에 찾아왔었다. 나는 엄마가 보여주는 사진들, 내가 천진한 표정으로 아빠 목마를 타고 있거나 생일에 함께 초를 불고 있는 그런 이미지들로만 어렴풋이 기억의 조각을 맞출 뿐이다. 그런 아빠랑 나랑 닮은 게 하나 있다고 엄마가 말한 적이 있다.

"너네 아빠도 밖에서 화장실을 잘 안 갔는데 너도 밖에서 화장실을 잘 안 가잖아."

그 말은 사실이었다. 나는 물을 많이 마셔도 밖에서는 화장실을 잘 안 갔다. 아빠는 아무래도 직업 때문이었겠지. 한 번 현장에 투입되면 몇 시간이고 기계를 몰아야 하는, 틈틈이 쉴 수 없는 직업을 가진 사람. 닮을 게 없어서 그런 걸 닮았냐, 라고 생각하면서도 그것이 기억에서 흐릿한 사람을 생각할 수 있는 방법이 되어주었다. 자꾸 희미하게 사라지지만 내 인생에서 필요했던 사람. 내 인생을 둘러싼 사람들에게 필요했던 사람과 아주 작은 무언가라도 닮는 일이 내 인생에서 필요했다.

택시에서 내리고서 기사님께 잠시만 기다려달라고 했다. 길 건너 편의점으로 잽싸게 뛰어가 보리음료 한 병을 사 왔다. 원 플러스 원. 하나는 내가 챙기고 하나를 기사님께 건넸다. 오늘 만난 아빠에게. 하고 싶었던 말은 속으로만 삼키고 고개만 연신 꾸벅이며.

아까 라디오에서 아저씨도 들었죠? 몸에 수분이 부족하면 기억력에 안 좋대요. 나중에 길 까먹으면 어떡해요. 기억해야 하는 소중한 추억들도 까먹으면 어떡해요. 그러니까 운전하면서 물도 많이 마시고, 자꾸 손님이 잡혀도 화장실은 제때제때 가세요. 아저씨가 아저씨를 몰라도 누군가 아저씨를 알아줄 거예요. 아저씨가 만난 사람들이 아저씨를 기억해줄 거예요. 모두 한 치 앞도 모르는 인생이지만 다 안다면 재미없는 인생이니까. 계속 귓가에 맴도는 이 노래처럼, 산다는 건 좋은 거니까.

샌드위치 인생

수십 개의 자기소개서를 쓰고 또 그 반의반만큼의 면접을 봤다. 그리고 하나의 회사에 합격했다. 무언가가 내 인생의 구원자라고 생각해본 적이 없었는데, 그때는 그 회사가 나의 구원자 같았다. 회사에 다니면서 당연히 불만이 생기고, 동기들과 회사를 흉보고, 친구들에게 가족들에게 힘들다고 관두고 싶다고 툴툴대면서도 마음속으로는 누구보다 회사를 아끼고 사랑했던 것 같다. (사실 모든 게 다 지나고 나서야 하는 말이지만.)

이 회사에 면접을 보러 가던 날, 꼭두새벽부터 일어나 할머니가 차려주는 밥을 먹고 집을 나섰다. 그날 아침밥도 또렷하게 기억한다. 할머니께서 찹쌀밥과 미역국을 동시에 내놨고, 나는 자꾸 찹쌀밥이 아닌 미역국에 신경이 쓰였다.

아침부터 회사에 모여 시험을 보고 면접관들 앞에서 발표를 했다. 워낙에 순발력이라고는 눈곱만큼도 없는 사람이라서 날카로운 질문들에 많이 당황했던 기억이 난다. 면접실 문밖을 나서자마자 '아, 이렇게 대답했어야 했는데' 하고 모범 답변들이 떠올랐다. 뒤늦은 모범 답변들은 마음을 편안하게 하는 게 아니라 더 복잡하게 만들었다. 곧이어 체념의 마음이 자리잡았다.

서류심사까지는 어떻게 잘 통과가 되는데 늘 면접에서 떨어졌다. 친구들은 면접까지 가는 게 어디냐고, 자기는 늘 서류심사에서 허우적댄다며 나를 위로했다. 언젠가 내가 얼마나 괜찮은 사람인지 알아봐주는 회사가 나타날 거라고, 그때까지 조금만 더 힘내자고. 나 역시 그때 그 말들은 모두 진심이라는 걸 알았다. 그리고 지금 돌아보면 그 말들이 모두 진실이었다고도 생각한다. 다만 내 마음에 빈틈이 없어서 진심과 진실을 담아둘 수가 없었던 것 같다.

점심시간엔 어쩌면 동기가 될, 또 어쩌면 그냥 부러움의 대상이 될 사람들과 밥을 먹었다. 모두들 오전의 자신들이 얼마나 형편없었는지를 경쟁하듯 쏟아냈다. 간절한 마음들의 경쟁이 식탁 위를 가득 메우는 걸 지켜보는 건 언제나 마음이 아픈 일이었다. 다시 한번, 내 코가 석 자였지만.

오전 면접에서 죽을 쒔기 때문에 사실 나는 반 포기 상태였다. 얼른 집에 가서 아무것도 안 하고, 할머니 옆에 누워서 초저녁잠이나 자고 싶다는 생각이 간절했다. 오후 인성 면접에서도 나의 동공은 무참히 흔들렸다. 회사의 이익과 사회윤리가 충돌하는 경우에 대한 질문은 지극히 예상 가능한 것이었지만, 내 눈을 똑바로 쳐다보는 면접관에게는 묘하게, 모범답안이 아닌 내 진심을 말하게 만드는 힘이 있었다. 뭐라고 대답했는지는 기억이 나지 않는다. 다만 내가 너무 떨어서 떨지 말라고 면접관이 다독여주던 건 생각난다. '정말 망했다!'는 생각이 더욱 확실해질 무렵, 면접관이 책상 위의 서류를 스윽 훑더니 시를 낭송해보라고 했다. 아니, 이건 또 무슨 경우야?

자기소개서에 적었다. 대학 시절, 수업 시간에 썼던 시들을 모아서 시집을 만들었던 경험에 대해서. 한 학기 동안 열심히 했던 과제들이 교수님의 평가 후, 노트북 폴더에만 잠들어 있는 것이 못내 아쉬워서 그 시들을 인쇄해서 지인들에게 팔았다. 지금 생각해보면 엄청 형편없는 시집(이라고 말하기에도 창피하다)이었는데, 그걸 또 사람들이 사줬다. 한 권에 6천 원씩 60여 권을 팔아 36만 원을 벌었고, 그 돈은 유니세프에 기부했다.

'출판 관련 서적을 보고, 인터넷을 뒤져가며 밤을 새워 작업해도 하나도 피곤하지 않고 무척 즐거웠습니다. 이러한 저의 태도와 일에 대한 즐거움은 이 회사에서도 신선한 창의력으로 실현되리라 믿습니다'라고 적었는데 그걸 보고 시 낭송을 시킬 줄은 몰랐다.

내 이야기를 들어주는 단 두 명의 청자 앞에서 기억을 더듬으며 시를 낭송했다. 고마운 마음이 들었다. 그 두 눈이 초롱초롱해서. 내가 이야기를 하고, 내가 동경하는 사람들이 그 이야기를 들어주는 일이, 나를 얼마나 마음이 뿌듯한 사람으로 만드는지. 집으로 돌아오면서 면접은 망했으니까 이제 체념해야 한다는 생각과 동시에 그래도 합격해서 이 회사에 다니고 싶다는 마음이 교차했다.

합격 문자를 받던 날, 나는 시를 통해 면접관들에게 나를 알렸다고 생각했다. 그리고 깨달았다. 정말로 누군가에 대해 알고 싶으면 내가 듣고 싶은 얘기 대신에 그 사람이 하고 싶은 얘기를 하게 만들어야 한다는 것을. 그리고 내가 하고 싶은 얘기를 할 수 있게 만들어준 어른 같은 사람들에게 고마운 마음이 들었다.

여전히 나는 면접에 관해서는 젬병이다. 면접이라는 절차도 싫다. 고작 삼십 분, 한 시간으로 나에 대해 얼마나 알 수 있겠어? 나는 누군가를 하루종일 만나도 그 사람에 대해 알지 못하는 걸. 그럼에도 이게 필요한 거라면, 면접을 대체할 수 있는 게 없다면, 질문이 꼬리에 꼬리를 물고 찾아와도 꾸밈없이 솔직하게 말할 수 있는 이야기 하나를 품고 사는 게 나만의 필살기라고 말하고 싶다. 그런 얘기를 결국 내가 하게 될 테니까. 궁지에 몰렸을 때 상대를 왁! 하고 무는 대신 솔직한 얘기를 줄줄줄 쏟아낼 테니까.

사람의 마음을 얻는 방법은 잘 모른다. 하지만 이런 나에게 마음을 주는 사람들은 그런 이야기를 좋아한다.

샌드위치 인생

벽돌을 짊어지는 사람의 등은 벽돌보다 벌겋지
언덕을 오르는 여인은 샌드위치가 된다
등에 업힌 딸애와 젖에 매달린 아들놈
양손에 든 비닐봉지 사이로 시무룩한 양배추가 흐른다

사이에 끼인 것은 치즈만이 아니지

가벼운 것이 좋아
샌드위치 패널을 둘러멘 사내들의 등에 황색 눈물이 맺히고
공사장에 퍼진 뿌연 먼지는
그들의 어제에 내려앉는다
저지르지 않았지만 감당해야 하는
이해될 수 없는 일들
판과 판 사이를 짓누르는 이빨들
포클레인이 건져주길 바라지만

가로등에 매달린 심장이 납작하다

골다공증처럼 텅 빈 속이 꺽꺽 서로를 붙들고
언덕을 오르는 여인은 부푼 반죽들 사이에서
마지막 남은 치즈처럼 끈적한 웃음을 흘린다

골목길이 온통 노랗다

무릎을 베고 누우면

홀로 제주도에 다녀왔다. 나름의 사명이 있었다. 아이유의 제주도 콘서트에 가기 위해서였다. 사실 비행기를 타기 직전까지 마음이 뒤숭숭했다. 주변 사람들에게는 '아무 걱정 없이 천진하게' 그리고 '여전히' 좋아하는 연예인을 보러 가는 데 시간과 돈을 쓸 줄 아는 사람으로 보이는 게 나쁘지 않았지만 '아, 그래도 내가 이제 서른한 살인데……' 하는 생각이 들었다. 아주 잠깐 마스다 미리의 책 제목이 스쳐지나기도 했다. '지금 이대로 괜찮은 걸까.' 다행히 제주로 가는 비행기 안에서 나와 같은 사람들을 몇 만날 수 있었다. 슬쩍 주위를 둘러보니 내 옆자리에 앉은 사람은 아이유 노래를 듣고 있었고, 누군가는 여행 가방에서, 누군가는 친구와의 대화에서 진한 덕후의 향기가 새어나왔다. 식탁에 앉아서 엄마가 차려준 저녁밥을 먹는 일처럼 금세 편안한 마음으로 돌아왔다.

제주도에서 만난 아이유는 단연 최고였다. 그 감동을 잊지 않기 위해서 일기장에도 적어놓았다. '2019년 1월 5일. 세상에서 가장 완벽한 공연.' 사진과 동영상으로 남겨놓지 않아도, 일기장에 적힌 이 한 줄의 감상평이 가진 힘은 대단하다. 다시 펼쳐보아도, 또 소름이 돋았다. 그날의 감격이 다시 생각나서.

제주도에 온 김에 혼자서 며칠 놀다가 올라가기로 했다. 대평리라는 인적이 드문 조그만 마을에 숙소를 잡았다. 다음 날 아침, 게스트하우스 주인이 가르쳐준 숲길에 가보기 위해 버스를 기다렸다. 시골이어서 그런지 버스가 한두 시간에 한 대꼴로 있었다. 그런데 그만 동네를 산책하는 데 정신이 팔려, 타야 할 버스를 놓치고 말았던 것이다. 다음 버스는 한 시간 뒤에야 온다. 빡빡하게 계획했던 오전 일정이 뒤틀리게 생겨버린 순간, 아주 잠깐 택시를 탈까 고민해봤지만 이내 포기하고 버스를 타기로 마음을 고쳐먹는다.

대부분의 경우 나는 여행지에서 택시보다는 버스를 탄다. 버스가 하루에 몇 대 없는 곳에서도. 내가 외딴곳에서 버스를 기다리는 시간의 값이 어느 정도인지 모르겠다. 엄마가 보는 주말드라마의 주인공들처럼 부유해본 적이 없어서 나는 그런 게 어렵다. 시간이 금이라는 말을 조금씩 깨닫는 나이가 되어가지만, 그리고 그 말의 의미를 모르는 것이 아니지만 이왕이면 걷고, 버스가 있으면 버스를 기다린다. 어떤 개념이나 물질, 서비스의 가치는 내가 정하는 것이고 그런 결정과 선택에 스스로 떳떳할 수 있다면 그게 최선이라는 것을 아는데, 무언가에 떳떳해지는 일이 역시 쉽지 않다.

좋아하는 가수의 공연을 보기 위해 멀리까지 온 내 모습이 나는 좋지만, 그 공연이 시작되길 기다리며 공연장 주위를 몇 시간씩 배회하는 내 모습은 없었으면 좋겠다. 이곳 콘서트에서만 살 수 있는 기념품이 너무 가지고 싶지만, 이걸 갖기 위해 한 시간을 줄 서며 주위를 두리번두리번, 딴청 피우는 내 모습은 남들이 못 봤으면 좋겠다. 인스타그램에 보이는 것처럼 최고의 순간들만, 돈보다는 시간이 소중한 것처럼,

몇 번씩 집었다 놓았다 반복했지만 덤덤하게 고른 듯 보이는 선물같이, 민망해하며 기다린 시간보다는 화려하고 열정적인 무대가, 값싸고 쉽게 먹을 수 있는 인스턴트보다는 초록빛이 선연한 음식들이 내 삶에서 주저 없이 우선시되는 것들이면 좋겠다. 하지만 그건 역시 마음대로 되지 않는 일이다. 나이를 먹고 어른이 되어도 한동안은 계속 모를 일이다. 한동안은 계속 쉽지 않을 일이다.

여행을 하며 제주도의 풍경을 사진 찍어 친구들에게 보냈다. 평소에 내가 부러워하는 친구 하나가 답장을 보냈다.

'아, 부럽다. 나는 지금 사무실에서 썩어가고 있는데.'

순간 궁금해졌다. 얘는 정말 내가 부러운 걸까? 나는 평소에 너를 정말로 부러워했는데. 그리고 여전히 썩어가는 네가 나는 부러웠는데. 내가 이루고 싶었지만 이루지 못한 세속적인 것들을 품고 사는 네가 참 많이 부러웠어.

나는 이루지 못한 일들을 마음에서 털어버리고 살 수 있는 사람일까? 어떤 '이룸'들을 볼 때마다 누군가의 노력을 헤아리기보다는 다들 걷고 있는 지름길을 나 혼자만 걷지 못한다는 생각을 많이 했다. 좋은 대학교에 덜컥(?) 합격해버린 친구들이나 나보다 많은 월급을 받으면서 빌딩숲 속에서 지긋지긋하다고 볼멘소리를 하는 사람들이 괜히 부러워서.

지난 콘서트에서 아이유가 부르는 〈무릎〉을 들으면서도 내가 원하는 곳으로 가는 지름길이 있다면 참 좋겠다는 생각이 들었다. 그런 내게 아이유가 말해줬다. 중요한 건 지름길이 아니라고. 지름길로 가는 것보다 지금 내게 더 필요한 건 무릎을 베고 누울 사람이라는 것을 곧 알게 됐다. 지름길을 알게 된다고 해도, 나보다 앞서 걷는 누군가가 분명히 존재하는 게 삶이고, 내 뒤에 걷는 사람보다 내가 더 잘살고 있다고 말할 수도 없는 게 삶이라는 것은 너무나 너무나 진짜니까.

이루지 못한 일들이나 내가 가지지 못한 것들에 대한 열등감을 없애주는 건 아마도 무릎을 베고 누워서 내 머리칼을 쓸어주는 사람. 그를 만날 거라고 내가 기대하고 있다면, 그 사람이 지금 당장은 내 곁에 없어도, 이루지 못한 일들을 마음에서 털어내며 살 수 있지 않을까 하는 생각이 든다. 지난 시간 동안 지름길을 걷고 싶다는 생각을 수없이 했던 나지만 무릎을 내어주는 사람과 함께라면 그냥 시간이 가는 대로, 오래 걸리면 오래 걸리는 대로 두어도 될 것 같다. 그럭저럭 견딜 만한 지금은 지금대로, 잠깐 쉬기도 하고 낮잠을 자다 가도 괜찮을 거다. 꼭 택시를 타고 서둘러 가지 않아도. 버스 정류장에 덩그러니 앉아 오지 않는 버스를 하염없이 기다리게 되더라도. 그리고 기다리던 버스가 오면, 손을 잡고 함께 버스에 오를 수 있다면 좋겠다. 내 무릎이 누군가의 베개가 될 수 있으면 좋겠다는 생각도 한다. 그러면 나는 조금 더 괜찮은 사람이 되는 거겠지. 사람과 사람 사이의 거리를 재지 않고, 내 위치와 너의 위치의 높낮이를 재지도 않고, 부러움 없이 떳떳하게. 지름길을 걷지 않아도 언제나 튼튼한 사람이 되는 거겠지.

사소한
좌절

좋은 일을 겪을 때는 가끔 아버지 생각이 난다. 내 나이에 지금 내가 느끼는 것들을 겪지 못했다고 생각하면 꼭 눈물이 나올 것 같다. 그가 겪지 못한 걸 난 꼭 겪고 싶어서 그래서 욕심내서 공부했다. 욕심내서 대학에 갔다. 영화를 보면서 울거나 친구들과 어울려 한끼 식사에 말도 안 되게 큰돈을 쓸 때, 불우이웃을 도우려고 정기 후원을 하거나 지갑에 있는 돈을 구세군 냄비에 모두 털어넣을 때, 좋아하는 가수의 콘서트 티켓을 예매할 때, 비행기를 타고 먼 나라에 갈 때. 그런 내 모습이 얄밉고 어색하게 느껴지고는 한다.

여전히 영화관에 가지 않는 엄마는, 여전히 카카오톡을 보낼 줄 모른다. 삶에 좌절처럼 다가오는 사소한 일들이다.

낭비에 낭비가 더해져서
내 하루가 방탕해지더라도

"내가 괜찮으면 연락해도 된다는 말이나, 네가 내 시간을 낭비하게 만들고 싶지 않다는 말은 여전히 상처가 돼. 늘 아쉬운 쪽을 나로 만드는 말이라고 느껴져서. 왜 내 시간을 너한테 낭비하면 안 되는 건지. 차라리 낭비해도 좋다고 말해줬으면 좋았을 텐데."

호감이 가는 사람이나 잘 보이고 싶은 사람이 생기면, 대화의 감도가 맞는 사람을 만나면, 휴대폰을 부여잡고 아무것도 못한다.

'이제 퇴근하고 씻고 침대에 누워서 책을 좀 읽어야지'라고 생각했고 상대에게도 말했다. '나 이제 책 읽다가 자려고.' 답장으로 도착하는 별 내용 없는 메시지들. 이모티콘. (내용이 없는 거지, 의미가 없지는 않아서 늘 문제다.) 여기서 대답을 하지 않아도 상대가 실망하거나 나를 미워하지 않을 거라는 걸 안다. 그런 믿음은 있다. 그런데 그냥 내가, 내가 확인을 하고만 싶다. 이제 보지 않고는, 확인하지 않고는 견딜 수 없는 사람이 되어버린 거다, 내가. 그리고 너는 나에게 그런 사람. 확인하지 않고는 견딜 수 없는 사람.

우리의 대화는 일 분씩, 삼십 초씩 띄엄띄엄 이어진다. 나는 그사이에 빨래도 돌리고, 건조대에서 수건을 걷어 차곡차곡 개키기도 한다. 그런데 수건을 개키는 동작이 어딘가 조급해진다. 마음에 서두름이 찬다. 나를 조급하게 만드는 대화들. 그리고 일 분씩, 삼십 초씩 띄엄띄엄 쉼표를 주는 그 대화를, 그 촌각을 가득 메우고 있는 설렘들.

지금 나의 낭비가 평생의 오랜 기억으로 남을 것만 같아서 마음이 아득하다. 이럴 때면 박완서의 소설 『그 남자네 집』의 한 구절이 생각난다. '그래, 실컷 젊음을 낭비하려무나. 넘칠 때 낭비하는 건 죄가 아니라 미덕이다.' 넘칠 때 낭비하는 것은 낭비가 아니라는 말. 낭비하지 못하고 아껴둔다고 그게 영원한 내 소유가 되는 건 아니라는 말.

그러면 우리가 서로를 그리워하는 이 시간들이 그냥 흘러가더라도, 결코 의미 없는 낭비는 아니겠지. 결코 낭비가 아니겠지.

단편소설 한 편을 읽는 데 한 시간이 꼬박 걸렸다. 책 한 권을 다 읽는 데 이렇게 오랜 시간이 걸리게 만든 사람을 알게 되었다. 그런 사람을 내가 좋아한다. 언제나 조금 느린 내가, 보통의 사람들보다 시간이 조금 더 필요한 내가, 무언가를 해내기 위해 억겁의 시간을 쓰더라도, 낭비에 낭비가 더해져서 내 하루가 방탕해지더라도, 절대로 주눅들지 말라고 조용히 다가와 내 어깨를 다독여주는 사람. 이건 분명히 미덕이라고 믿게 만든 사람. 그런 사람을 알게 되었다.

그 사람은 '네 시간을 나에게 낭비하지 않았으면 좋겠다'고 내게 말했던 사람에게 받은 상처도 아물게 해주었다. 이 사람은 꽤 많이 괜찮은 사람. 괜찮은 사람을 만나는 건 지나간 인연을 미워하지 않게 해주는 일인 것 같았다. 스쳐간 인연이라고 해도, 그 인연에 상처를 받고 또 상처를 주는 게 우리들의 '사이'. 누군가와는 좋아하는 마음의 크기만큼 다음 단계로 잘 나아가지 못해서 속상했다. 또 누군가와는 서로가 아닌 걸 아는 관계를 꾸역꾸역 이어가려고 노력하면서, 바보같지만 나에게만 기쁜 후회를 남겼다. 그 속상함과 후회들을 다 아물게 해주는 사람. 관계가 모두 우연이고 타이밍이라는 말들 앞에서, 지금 우리가 이렇게 만나게 된 것은 지난 사람들과의 인연이 처음부터 그 정도까지로 정해졌기 때문일지도 모른다는 그런 무책임한 결정론을 믿게 만들어준다. 지금 내 앞에 있는 사람 때문에 지나간 모든 인연들, 그리고 그 인연들과 주고받은 크고 작은 상처가 다 어쩔 수 없이 그랬어야만 하는 일들로 변해버린다.

이런 쓸데없는 생각들로 하루의 대부분을 보내버려도, 그건 낭비가 아니라고 말해주는 그런 사람이라서 많이 고마웠다. 내가 미워했던 사람들을 덜 미워하게 해줘서, 언제나 지금처럼 마음이 넘쳐서 충분히 더 충분히 낭비하는 사람이 되고 싶다고 생각하게 해줘서, 그게 제일 고마웠다.

숫자들이 주는 위로

주말에는 욕실 청소를 한다. 매일 샤워를 하면서 벽과 바닥에 물을 휙휙 뿌려도 욕실에는 때가 낀다. 더러워지는 욕실은 사람이 사는 흔적일까, 아니면 사람이 살지 않는 흔적일까? 요즘엔 욕실용 세정제도 많지만 굳이 락스를 물에 타서 솔로 바닥을 벅벅 문지른다. 락스의 냄새를, 반복적인 솔질을, 열심히 노력하면 그제서야 조금씩 풍성해지는 거품을 좋아한다. 나는 욕실 청소를 통해 어떤 결과나 청결 수치보다, 냄새가 주는 확신을 얻고자 하는지도 모르겠다. 내가 오늘 시간을 들여 청소를 했다는 그 사실이 필요하다. 어쩌면 우리의 꽤 많은 부분이 객관적인 결과보다 마음을 다독이게 하는 확신으로 흘러가는 게 아닐까 하는 생각을 했다.

지난주에는 서점에 가서 책을 샀다. 요즘엔 책들이 너무 예쁘게 나와서 사지 않고는 못 배기겠다. 어릴 때 어른들이 책에 돈 쓰는 건 아끼지 말아야 한다고 그랬는데, 이렇게 사 놓고 읽지 않은 책들이 자꾸만 쌓여가는 건 조금 그렇다. 좋아서 산 것들, 좋아서 시작한 것들이 점점 버거워졌던 경험들로 떠오르게 되니까. 언젠가부터 책을 읽어가는 속도보다 사들이는 속도가 더 빠른 것 같으면 고개를 푹 숙이고 걷게 된다. 그냥 제목에, 냄새에, 촉감에 끌려 양손 가득 집어들고서는 다음에는 그러지 말아야겠다고 다짐하는 일의 반복.

나이를 먹으면서 성향이 변하는 걸 느낀다. 돈을 벌기 시작한 지 그리 오래된 건 아니지만, 예전에는 예쁜 걸 보면 어떻게든 돈을 모아서 사려고 했었는데, 이젠 그 마음이 조금 사라졌다. 자취방에 쌓여가는 잡다한 것들을 보며, 요새는 '이게 뭐지?' 싶기도 하다. 나 죽으면 가져갈 수도 없다는 생각이 들어서 선물을 하기도 하는데, 그 사람들은 이것들을 소중히 간직해줄까? 사는 만큼 버리는 일이 함께 수반되어야 건강한 소비라는 것을 알면서도, 나는 감가상각의 법칙을 자꾸 까먹어버린다. 첫 월급을 받고 샀던 원색의 옷들, 햇빛에 바래 노랗게 변색된 앨범들. 그림 공부를 할 거라고 큰마음 먹고 샀던 120색의 마커와 물감, 두꺼운 디자인 서적들도 방 한쪽에 자리잡고 있다. 이미 제 기능을 상실한 것들을 원래의 가치 그대로로 생각하며 애정을 쏟는다. 좁은 집에 과거의 내 모습만 넘친다. 이 물건들이 사라지면 내 기억도 모두 사라질 것만 같아서 버리는 일이 여전히 어렵고 또 무섭다.

책을 사면 가장 먼저 책등에 이름을 적었다. 버리고 싶지 않아서 시작한 일인데, 시간이 흘러 책장을 보니 버리고 싶은 책들이 한가득이다. 조만간 버리고 싶은 것들을 모아 재활용 박스에 넣어야겠다는 다짐만 수십 번은 한다.

자취방 한쪽 벽에 책이 쌓여가면서, 내가 언제까지 이 책들을 들고 돌아다닐 수 있을까 생각해봤다. 다독가는 아니지만, 한번 읽은 책들 중에 마음에 드는 것을 잘 버리지 못하겠다. 앞으로도 계속 이렇게 살 수 있을까. 이사 갈 때마다 책장을 들고 다니면서. 이번에 이사를 할 때도 책이 이렇게 많으면 힘들다고, 이삿짐센터 직원들이 가장 싫어하는 짐이 책이라고 혼이 났다. 값나가는 물건도 아니고, 그러면서도 무거운, 한 번에 옮길 수도 없는 짐들.

그래서 계산을 해봤다. 서른하나의 나는 지금 아주 좁은 방 한 칸짜리 원룸에 살고 있지만, 서른 중반이 되면 그래도 방 두 칸짜리 집으로 이사를 갈 수 있겠지. 지금 내 방은 가로 3m, 세로 3m, 높이 3m가 조금 못 된다. (적어놓고 보니 정말 작다.) 부피는 27m^{3}다. 책 한 권이 가로 15cm, 세로 20cm, 두께 3cm라고 할 때, 책 한 권의 부피는 900cm^3. 그럼 방 하나에 3만 권의 책을 쌓을 수 있다.

가끔 이유 없는 불안에 숫자들이 위안을 주고는 한다. 마음이 편해졌다. 아직까지는 마음껏 사도 될 것 같다. 책 한 권이 1만3천 원이라고 했을 때 3만 권을 사면 3억9천만 원이 필요하다. 평생을 살아야 모을까 말까 한 돈 같다. 평생 동안 모을 수 있을지 없을지도 모를 만큼의 돈을 책 사는 데 다 쓸 수는 없겠지.

그래서 지금은 일단 사고 싶은 거 많이 사기로 했다. 인생 한 방을 바라보고 산다고 농담처럼 말해도, 한 방만을 바라보고 사는 사람이 되지 못한다는 걸 나도 알고 너도 아니까. 게으르게 낭비하는 하루가 싫다고 투덜대도 정말로 방탕한 삶을 살아갈 자신도 용기도 없다는 걸 나도 알고 너도 아니까. 막연한 불안감이 엄습할 때 이렇게 말도 안 되는 억지 이야기들을 펼쳐놓고 스스로를 위안하는 일 정도는 괜찮을 것 같아서. 나와 닮은 누군가가 있다면 이게 위로가 되었으면 해서.

닮은 우리가 함께

지금의 내가 할 수 있는 것에 최선을 다하다보면 언젠가 알 수 있지 않을까? 언젠가 터널의 끝에 도착하면, 눈앞이 환해지면서 알게 될 거다. 혼자인 줄 알았지만 최선을 다하는 각자가, 불안에 떨고 있던 한 명 한 명이 함께하고 있었다는 걸. 같은 마음으로 서로를 찾고, 기다리고, 변함없이 응원하고 있었다고. 닮은 우리가 늘, 응원이었다.

수박 같은 사람들

현과 카페에 갔다. 둘 다 몸살이 걸렸다.

"감기 걸렸는데 이렇게 만나도 될까?"

"괜찮아. 둘 다 걸렸으니까 이제 옮을 일도 없잖아."

지난 주말에 온종일 붙어 있었는데, 그때 내가 현에게 감기를 옮긴 건지도 모르겠다. 아침에 안부 인사를 하는데, 감기에 걸렸다는 현의 메시지를 읽고 마음이 철렁했다. 중요한 시험을 앞둔 현. 내가 그만 감기를 옮겨버리고 만 걸까. 얼마 전 자꾸 기침을 하는 나를 보고 현이 말했었다.

"감기는 누군가에게 옮겨야 낫는대."

그 말을 듣지 않았으면 내 마음이 조금 덜 불편했을 텐데. 아니다, 아직 내 감기도 다 낫지 않았으니까. 내가 옮긴 게 아니라고 나는 혼자서 그렇게 믿고 있다.

아무튼 그런 현과 카페에 갔다. 걷다가 무심코 들어간 카페는 생각보다 가격대가 높았다. 커피는 6천 원대. 차나 주스는 8천 원. 병원에서 의사 선생님이 술이랑 커피를 마시지 말아야 한다고 했지만 나는 라테를 주문했다. 현이 커피를 살 차례였기 때문이다. 현이 물었다.

"커피 마셔도 괜찮아?"

"응, 마셔도 돼. 먹고 싶은 거 참는 게 몸에 더 안 좋대."

평소의 나는 사람들에게 잘 얻어먹는 편이다. 주는 것도 잘 받고. 예전에는 기브 앤 테이크 원칙을 스스로 고수하느라 조금 답답했지만, 점차 나 스스로 어떤 기준들을 정하게 됐다. 주는 호의를 거절하지 말자. 그리고 죄책감을 느끼지 말자. 내가 받은 호의를 이 사람에게 갚지 않아도 누군가에게 호의를 베풀 수 있다면 그걸로 충분하다 생각하자. 그래서 현은 내가 호의를 베풀고 싶은 사람이다. 현이 계산을 할 때

고작 2천 원을 줄여주는 게 진정한 호의인지는 잘 모르겠지만. 현 앞에서는 뭘 먹어도 행복하니까.

그런 현은 수박주스를 시켰다. 현은 수박을 정말정말 좋아한다고 말했다. 지난번에 함께 시장을 걸을 때도 수박이 먹고 싶은데 봄 수박은 너무 비싸다는 나의 말에, 자기는 수박을 너무너무너무 좋아해서 여름이면 냉장고에 수박이 떨어지지 않는다고 했다. 그런 점이 좋았다. 한여름이 되어 수박이 조금 더 싸지면 이제 같이 수박을 마음껏 먹어야겠다고 속으로 상상해보는 것들이. 혼자서는 못 먹는 수박을 둘이서 함께 먹어야지 다짐하는 일들이. 이따가 시장에 가서 수박을 썰어 담을 수 있는 커다란 락앤락을 사놔야겠다는 생각을 했다. 한여름이 되기 전에 얼음 틀도, 연유 시럽도 사놓아야지.

자취를 하고 나서 먹고 싶어도 잘 못 먹는 음식이 하나둘 늘어가는데, 수박도 그중 하나였다. 엄마가 끓여준 참치김치찌개에 흰 쌀밥도 자주 생각나지만 이렇게 날이 더운 계절이 가까워지면 새빨갛게 잘 익은 수박이 먹고 싶다. 혼자 살면서 수박을 사 먹는 일이 없다. 생필품은 꼭 필요한 게 아니면 잘 안 사게 되고, 과일도 꼭 먹어야 하는 게 아니라는 생각에 늘 가게를 그냥 지나친다. 회사에서 받은 과일상자를 집에 들고 가거나, 장을 보러 간 엄마가 양손이 무겁다고 전화를 해서 아파트 단지 입구에서부터 수박을 들고 온 적은 몇 번 있지만, 내가 알아서 과일을 사 들고 집에 들어간 적은 기억에 별로 없다. 수박은 더더욱.

올해에 들어서는 그래도 과일을 좀 사보려고 과일가게를 지날 때면 일단 자전거에서 내려서 걷고 보는데, 커다란 과일은 아무래도 사기에 부담스럽다. 값이 나가도 조금씩 포장되어 있는 것을, 한 번에 다 먹을 수 있는 것들을 산다. 푸석해진 사과, 물러버린 딸기나 복숭아를 먹지 않도록. 요즘엔 수박을 조각내서 팔기도 하는데, 흔쾌히 사기에는 적은 양에 비해 너무 비싸다. 값이 조금 나가도 일인분씩 포장되어 있는 걸 사는 편이 현명하다는 걸 알지만 수박 앞에서 나는 여전히 망설이는 사람이다.

수박은 가족의 과일이라고 누군가 말해줬다. 혼자서 몇 조각만 먹고 남겨두기엔 뒤처리가 너무 곤란하다고. 빨간 속살보다 더 무거운 껍질들만 남는다고. 오늘 보고 싶은 엄마. 엄마가 내 말을 들어줬으면 좋겠다.

"엄마, 나는 놓치고 싶지 않은 사람을 꼭 이 여름에 만나고 싶어. 가족의 과일을 같이 먹으며, 홍건해지는 분홍빛 과즙을 보며 행복해지고 싶다. 꼭 가족처럼 소중한 사람을 만나고 싶다. 뜨거운 한여름에."

나는 '수박 같은 사람들'이라는 이름의 웹 드라이브 폴더를 가지고 있다. 그 폴더 안에 내가 가장 행복했던 순간, 그리고 그 순간에 함께했던 사람들을 차곡차곡 포개놓았다는 걸 아무도 모르겠지. 그건 현도 모를 거다. 자기가 바로 수박 같은 사람들이라는 것도.

수수하지만
굉장한

뭐 하나를 좋아하기 시작하면 몰래 좋아하는 법이 없다. 사람도 일도 물건도 너무 티내며 좋아하면 매력 없어 보인다는 걸 알지만, 좋아하는 것 앞에서는 그게 잘 안 된다.

작년에는 〈수수하지만 굉장해! 교열걸 코노 에츠코〉라는 드라마에 푹 빠졌었다. 만나는 사람마다 붙잡고 이 드라마 이야기를 했었다. 이미 알고 있다거나 봤다거나 좋아한다는 사람을 만나면 나는 그게 또 반갑고 고맙고 더할 나위 없이 좋고 그랬다.

〈수수하지만 굉장해! 교열걸 코노 에츠코〉는 패션지 에디터를 꿈꾸는 주인공이 패션지가 아닌 교열부서에 배정되면서 겪는 이야기를 그리고 있다. 처음에는 불만투성이였던 주인공이 예상치 못한 상황에서 예상치 못한 사람들을 만나면서 새로운 깨달음을 얻게 되는, 어느 정도 예상 가능한 성장스토리다. (나는 이런 서사를 굉장히 좋아한다.) 주인공들이 신입사원일 때 드라마에서 보여지는 어떤 패턴이 있다. 늘 남다른 시선으로, 기분좋은 오지랖으로, 사람의 마음을 움직이는 따뜻함으로 재미있는 이야기를 만들어낸다. 내일에 대한 두려움 따위는 없는 듯이. 이곳이 아니어도 어떻게든 살아갈 수 있는 빛나는 사람이라는 듯이.

어느 날에 나는 주인공의 직장 동료를 응원했다. 출근을 앞둔 일요일 밤이었던 것 같다. 월요일부터의 나는 아무래도 주인공보다는 그 곁에서 조용히 일하는 동료와 더 비슷한 것 같으니까. 네온 조명처럼 반짝이는 사람들을 지켜보면서, 좋아하면서, 부러워하면서, 또 말을 걸지는 못하면서. 가끔 부러움이 지나치게 커져서 혹시 질투하는 건 아닌지 스스로 묻고 답해야 하는 순간이 오면, 나는 무슨 말을 할까? 그런 생각을 하면서 드라마를 보다보니 어느새 월요일 새벽이 밝아

오고 있었다.

이 드라마에서 주변인들은 주인공만큼이나 멋져서 걱정이 조금은 줄어들었다. 눈에 띄지 않아도, 소리 없이도 반짝반짝 하는 게 나에게도 있을지 모른다는 생각이 들어서. 맞아. 너무 걱정하지는 않아도 될 것 같지? 많은 것들이 숨죽인 늦은 밤 이른 새벽, 자기 전 침대에 누워 듣는 심장 소리처럼 쉴새 없이 반짝이는 게 나에게도 하나쯤은 분명히 있다는 생각이 들었다.

재미없다고 생각했던 교열 업무를 하면서 드라마의 주인공은 조금씩 변해간다. 늘 톡톡 튀는 사람이었던 그녀가, 화려한 것들을 사랑하고 동경하던 그녀가 수수해서 눈에 띄지 않던 것들의 가치를 새롭게 발견하게 된다.

그런 주인공을 보며 참 많은 위안을 받았다. 사람의 마음이라는 게, 내가 하는 일이 분명 필요하다는 걸 알고 있으면서도 눈에 띄지 않으면 주눅들게 된다. 나도 모르게 할머니가 밤낮으로 식탁을 차리고 설거지를 미루지 않는 일보다 회사에서 컴퓨터를 두드리는 내 일이 더 중요하다고 믿고 있었는지 모르겠다. 세상 모든 일에 등급을 매기는 게 너무 당연해져서 자꾸만, 나만이 할 수 있는 유일무이한 일들을 찾고 그런 것만이 조금 더 가치 있는 일이라고 스스로를 설득해온 것만 같다.

회사에서 택배를 보내려고 상품을 포장하거나, 종이를 자르거나, 오리고 붙여서 무언가를 만들고 있을 때 대표님이 지나가면 뒤로 숨고 그랬다. 엄연한 업무라고 생각했지만 혹시 그들이 나를 보고 꼭 해야 할 필요가 없는 일을 하고 있다고 생각할까봐. 괜히 자신이 없어서 요즘도 그런 작업은 근무시간이 지난 후에 시간을 따로 내 작업하기도 한다. 나 스스로가 그런 일들을 과소평가하고 있었다는 게 사실 가장 맞는 말일 테다. 수수하지만 굉장한 일을 만드는 건 그 일을 하는 사람의 태도다.

내가 있는 곳보다 더 멋지고 반짝거리는 곳이 있다면, 어떻게든 그곳에 가고 싶어서 당장 이곳을 탈출하려고 안간힘을 쓰는 것만이 해답은 아닌 것이다. 도망치는 것도 대단한 일이지만, 내가 있는 곳을 조금 더 반짝거리게 만드는 게 정말 멋진 일일지도 모른다는 생각이 들었다.

요즘도 변함없이 나의 스트레스 해소법은 청소다. 그리고 걷잡을 수 없이 우울해지는 날에는 잡지 한 권을 꺼내 좋아하는 페이지를 찢어낸다. 그리고 그걸로 책을 포장하거나, 일기장의 커버를 바꾼다. 빳빳한 종이를 찢고 반듯하게 접고 다시 붙이는 일. 나는 그런 일들이 참 좋다. 비닐봉투에 물건을 넣는 일, 카드마다 스티커를 붙이는 일, 소위 단순노동이라 부르는 일을 좋아한다. 나 스스로가 그것을 덜 가치 있는 일이라고 여기지 않는 사람이 되었으면 좋겠다.

그런데 덜 능력 있는 사람이라도, 덜 중요한 사람이라도, 덜 의미 있는 사람이라도, 부가가치를 덜 창출하는 사람이라도, 덜 고차원적인 사람이라도, 그런 사람과 함께일 때 내 마음이 가장 편안한 순간이 된다면, 심장 깊은 곳에서부터 평화로운 파동이 전해진다면, 그 사람은 나에게 얼마나 특별한 사람일까. 나에게 얼마나 수수하지만 굉장한 사람일까. 그 생각을 하면 세상 많은 일들이 조금 다행이라는 생각이 든다. 순박한 행복이 차오른다.

뒷모습의 초상권

여행의 습관이 바뀌었다. 정확히는 사진을 남기는 방식이 바뀌었다고 말하는 게 맞겠다. 예전에는 여행을 가면 어떻게든 사람이 나오지 않게 사진을 찍었다. 이국적인 자연의 풍경이나 햇볕이 들어오는 카페의 사물들, 실크로 된 커튼이 살랑거리는 순간이라든지 우연이 만들어내는 무지갯빛 그림자 같은 것들을 많이 찍었다. 물론 여전히 그런 장면들을 좋아한다. 여전히 그런 장면들은 기분을 좋게 만드니까 많이 찍어 남긴다. 그런데 최근 몇 년 동안은 어떻게든 사람이 나오는 사진을 찍으려고 했다. 타지에 사는 사람들의 표정. 나에게 낯선 장소를 익숙하게 배회하는 사람들의 걸음을 정지된 이미지로 남겨두는 게 재밌어졌다. 그들의 편안한 움직임이 조금 부러워서였는지, 조금 닮고 싶어서였는지. 그렇지만 아주 마음대로 찍을 수는 없었다. 사람에게는 초상권이라는 게 있으니까. 우리나라에 여행을 온 관광객이 아무렇지 않게 내 얼굴을 카메라에 담는다면 나도 조금 난처할 것 같기는 하다. 걱정도 되고. 설마설마의 경우지만, 지구는 하나니까 언젠가 어딘가에서 돌고 도는 내 사진을 우연히 볼지도 모른다고 생각하면 비명이 악.

현지인들에게 양해를 구하고 사진을 찍을 수 있다면 좋겠지만 나는 그러지 못한다. 그래서 내가 찍은 여행 사진들 중 사람들의 앞모습이 나온 것은 극히 제한적이다. 대부분 횡단보도 건너편에 옹기종기 모여 있는 모습의 사람들이거나, 풍경 속에 녹아들어 눈코입만 겨우 알아볼 수 있는 면봉 같은 무리다. 그 외에는 모두가 뒷모습이다. 정장을 입고 출근하는 사람들의 재빠른 뒷모습, 교복을 입고 자전거를 타는 아이들의 뒷모습. 꽃집에서 꽃을 한아름 안고 나오는 여자의 뒷모습, 가로수 아래 벤치에 앉아 다정하게 어깨를 기댄 연인의 뒷모습. 그들의 표정이 고스란히 그려지는 뒷모습들을 열심히 찍었다. 그리고 그들의 표정을 상상하며 그들을 행복한 사람의 범주에 넣어두고는 했다.

얼마 전에는 집에 놀러온 친구와 침대에 나란히 누워 노트북으로 교토 여행에서 찍은 사진을 다시 봤다. 고작 나흘 동안의 여행이었는데 사진을 700장 넘게 찍었다. 얼른 블로그에 올리고 싶은데 사진 고르는 일이 막막해서 계속 미루고 있다.

"왜 죄다 사람들 뒷모습이냐?"

"초상권을 존중해서 그런 거야."

"뒷모습엔 초상권이 없어?"

"응, 검색해보니까 그렇대. 사진만 보고 누군지 알아볼 수 없을 정도면 괜찮대."

친구가 돌아가고 다시 침대에 누워 미처 다 보지 못한 여행 사진을 봤다. 고작 한 달 전의 일인데, 까마득한 예전처럼 느껴졌다. 노트북 화면 위로 환하게 불빛이 새어나오는 사진들을 하나하나 넘겨보면서 지난 기억에다 그리움을 더해가고 있었다. 화면 속의 뒷모습들을 볼 때마다 그곳에 대한 그리움이 커졌다.

이건 익숙한 일이다. 우리는 마지막에 늘 뒷모습을 남기니까. 늘 그 마지막에 남은 뒷모습을 기억하니까.

언젠가 좋아하는 사람을 지하철역까지 바래다주고, 플랫폼을 통과하는 뒷모습을 오래도록 바라봤다. 돌아보지 않는 얼굴을 향해 손을 힘차게 흔들면서. 그게 그 사람과의 마지막 만남이었다. 사진 찍는 걸 싫어하던 그 사람의 얼굴은 내 사진첩에 한 장도 없지만, 내 마음에는 그 뒷모습이 사진처럼 남아 있다. 지금까지 고스란히. 떠나는 사람의 뒷모습을 이렇게 오랫동안 기억할 수 있는 것은, 오래오래 그리워할 수 있는 것은 뒷모습에는 초상권이 없어서인 것 같다. 그러니까, 내 마음에 많이 많이 남겨둘 수 있다는 생각이 들어서.

반쪽짜리 배려

내가 누구보다 잘하는 게 반쪽짜리 배려라는 생각이 들면 마음이 무겁게 가라앉는다. 한번은 동료들과 연극을 보러 간 적이 있다. 고요한 극장 안에서 울려퍼지던 사탕 껍질 까는 소리를 기억한다. 바스락바스락. 사람들에게 방해가 되지 않으려는 마음이었는지 굉장히 느린 속도로 껍질을 벗겼다. 지나치게 조심히 움직이는 손길이 내 온 신경을 곤두서게 만들었다. 연극의 정적인 분위기 탓에 그 소리가 더 오래, 더 선명하게 귓가에 맴돌았다. 그래서인지 모르겠지만 그날의 연극은 별로였다. 오래된 것도 아닌데 제목이 뭐였는지도 가물가

물하다. 차라리 그냥 재빠르게 껍질을 벗기지. 그럼 내 정신도 금세 무대로 돌아올 수 있었을 텐데.

이런 배려는 서로에게 불편한 기억의 자국을 남긴다. 근데 이런 반쪽짜리 배려가 내가 사람을 대하는 방식과도 같다고 느껴지면 금세 속상해지고 마는 것이다.

취업 준비를 할 때, 면접관들이 '당신을 대표하는 키워드는 무엇인가요?' 하고 물으면 나는 주저 없이 섬세함과 정성이라고 답했다. 나는 상당히 많은 부분에서 무던하고 눈치 없는 사람일 때가 많지만, 꼭 필요한 부분에서 섬세할 줄 아는 사람이라고 스스로 생각했었다. 그리고 섬세해야 하는 부분에서는 정직하게 정성을 쏟을 줄 아는 사람이라고 믿으며 한동안 만족하고 살았다. 그런 내가 언젠가부터 스스로 섬세하다고 말하는 사람을 경계하게 됐다. 아마 보기 싫었던 내 모습을 그들에게서 발견하는 상황이 켜켜이 쌓여갔기 때문일 거다.

사실은 내 모습이 그랬다. 나는 누군가를 섬세하게 배려할 줄 아는 사람이니까, 상대도 나에게 그랬으면 좋겠다고 생각했다. 그냥 그랬으면 좋겠다고 생각하는 것까지면 좋겠는데,

문제는 그렇지 못한 사람들을 하나둘씩 배척하게 된다는 것이었다. 배척. 그건 내가 생각하는 배려의 반대말이었다. 나는 그들을 나와 맞지 않는 사람들이라고 규정하고 수용하기를 포기해버렸다. 물론 성향이 맞지 않는 사람들, 관계를 대하는 태도가 조금 다른 사람들, 세상을 바라보는 시선이 다른 층위에 있는 사람들과 모두 함께할 필요는 없다. 하지만 그저 다를 뿐인데 나와 다르다는 그 이유만으로 은근히 시기하고 미워하기도 했다. 그때의 나는 누구보다도 내가 최선이라고 믿었다.

오늘은 제목을 점자로 표시한 책을 보았다. 눈으로 책을 읽기 어려운 사람들이 손가락을 통해 이야기에 닿을 수 있었던 것처럼 그 책의 이야기들도 더 많은 사람에게 전달되기를 바란다고 적혀 있었다. 그 선한 마음을 아는데, 잘 알면서도 심통이 났다. 제목만이 점자였기 때문이다. '나는 이렇게 커다란 의미를 당신에게 전하고 싶었어요'라는 진심을 정말이지 다 알면서도 자꾸만 '나는 이렇게 커다란 의미를 품고 사는 나를 당신에게 보여주고 싶었어요'라고 읽는다.

어떤 일들은 단 한 사람을 위해서만 존재했으면 좋겠다고 생각했다. 한 사람에게 집중하기 위해 '나'는 조금 내려놓을 수 있는 사람이고 싶다. 상대를 생각하면서도 결국에는 내 마음을 끝까지 놓지 못하는, 욕심을 손톱 끝에다 걸쳐놓는, 그런 사람이 되지 않았으면 좋겠다. 이 길의 끝에서는 그런 반쪽짜리 마음들을 품지는 않았으면 좋겠다.

토요일의 기상 시간

태태에게 문자가 왔다. 이번주 토요일 점심에 잠깐 시간이 있냐고 물었다. 주말에는 주로 오후 느지막이 약속을 잡는 편이라 조금 망설였지만 일단 알겠다고 했다. 태태는 토요일 오전에 작은 모임을 하나 시작했단다. 스터디까지는 아니지만 모여서 일주일 동안 뭐 했는지 얘기도 하고 외국어 공부도 한다고 했다. 그 모임이 점심에 끝나는데, 그대로 집에 가기에는 왠지 아쉬우니까 오랜만에 만나서 밥이나 먹자고.

태태를 설명하자면, 아주 자주 보거나 연락하는 사이는 아닌데 가장 친한 친구를 말해보라고 했을 때 바로 생각나는 사람이다. 나에 대해 가장 잘 알고 있는 사람. 취향은 조금 다른데, 웃음 포인트가 비슷한 사람(이거 정말 중요하다). 태태랑 내가 친하다고 생각하니까, 주변 사람들에게 자꾸 신이 나서 태태에 대해 이야기하고 자랑하고는 한다. “그 친구 어떤 사람이에요?”라고 물어보면 내 대답은 늘 한결같다. “만약에 내일 지구가 멸망한다면 그 순간 같이 있고 싶은 사람이에요.” 그러면 사람들이 의아해한다. “아니, 그렇게 소중한 사람이에요?” 음, 소중한 사람인 건 맞는데, 그보다 내일 지구가 멸망한다고 해도 태태의 옆에 붙어 있으면 우리는 죽지 않고 살아남을 것만 같은 확신이 있어서다. 고민도 걱정도 많던 십대 이십대 시절 내내 중요한 결정 앞에서 망설이는 나에게 든든한 힘이 되어준 친구다. 함께 있을 때는 뭐든 할 수 있을 것만 같은 기분이 들게 하는 친구.

‘친구’에는 두 가지 종류가 있는 것 같다. 친구가 하는 일이 잘됐을 때, 앞으로 성큼성큼 걸어가는 모습을 볼 때, 내 마음도 뿌듯해지고 자꾸 존경심이 드는 친구. 또하나는 부러운 마음과는 별개로 자꾸 시기와 질투가 나는 친구. 전자에 대해 이야기할 때면 마치 내 일인 것 마냥 기뻐하거나 슬퍼하며 말하고, 후자에 대해선 그냥 남 일처럼 말한다. 따지고 보면 둘 다 타인인데도. 물론, 태태는 나에게 전자의 친구다.

학창 시절 대입을 준비하면서, 우리들은 모두 공부를 잘하던 태태가 서울대에 입학할 줄 알았다. 그런데 그만 수능에서 평소의 실력보다 약간 아쉬운 결과를 받았고, 재수할 생각이 없었던 태태는 목표보다 한 단계 낮은 대학에 원서를 썼다. 논술도 끝나고 입시의 모든 과정이 끝난 후 겸허하게 결과만을 기다리던 열아홉의 어느 겨울날. 나와 친구들은 평소처럼 학교 수업이 끝난 뒤 어김없이 노래방에서 목이 터져라 열창하고 있었다. 한참 신나게 흥에 취해 있는데, 테이블에 올려놓은 태태의 전화기가 울렸다. 바깥에서 전화를 받고 들어온 태태의 표정이 심상치 않아, 노래를 부르다 말고 무슨 전화냐고 물었다. 우리는 커다란 반주 소리에 묻혀 있었지만 태태의 목소리는 귓가에 또렷하게 전해졌다. "나 합격했대. 담임 선생님이 확인해봤대." 수능을 보기 전, 선생님의 권유로 혹시나 해서 써봤던 한 대학교로부터 온 합격 소식이었다. 태태도 울고 나도 울고, 노래방에 있던 친구들 모두가 얼싸안고 울었다. 덩치는 산만하게 자란 열아홉 살 소년들이 노래

방 마이크를 쥔 채로 엉엉. 현란하게 돌아가는 조명 아래서 엉엉. 그다음엔 기쁨과 감격의 케이팝 파티가 이어졌다. 그리고 집으로 돌아가는 길, 태태가 오늘은 자기가 쏜다면서 우리에게 배스킨라빈스 아이스크림을 사줬다. 진심으로 행복했다. 그 순간에는 태태가 내 친구여서 참 좋았던 것 같다. 거짓이나 시기는 하나도 없이, 내가 자꾸만 존경하게 만드는 태태의 노력과 결과들이 진심으로 기쁘고 대견했다.

이렇게 마음이 뿌듯하고 존경심이 드는 친구가 있다는 것은 커다란 축복임을 아는데, 문제는 존경하는 친구를 응원하면서도 자꾸만 뒤처지는 나를 걱정한다는 거다. 늦은 게 아니냐고 묻는 사람들에게 늦은 건 아무것도 없다고 말하면서도 나는 자꾸만 뒤처지는 게 무서워진다. 주말에 일찍 일어나는 사람들을 보면서, 외국어 학원에 등록했다는 동료의 이야기를 들으면서, 새로운 사람들을 만나기로 했다는 친구의 문자메시지를 읽으면서, 남들이 부러워할 만한 회사를 관두고 새로운 도전을 하게 되었다는 지인을 응원하면서……. 다른 누구보다 내가 늦는 게 자꾸만 걱정이 되었다. 이럴 때면 내가 내뱉은 말들과 행동들이 누군가에게 기억되고 있을까봐 두려운 마음이 든다. 내 불안함을 먼저 해소하지 못하는 걸 보면 위로나 충고, 조언을 단호하게 할 수 있었던 질문들이 막상 나에게로 다가올 때, 난 여전히 객관적일 수 없나 보다. 여전히 작아지는 내 모습을 본다. 비교하지 않아야 행복해진다는 말을 잘 알면서, 비교에는 끝이 없다는 말을 마음속으로 깊이 공감하고 있다. 비교의 끝은 아마도 스스로의 노력이나 성실에 대한 만족이겠지. 아무리 뛰어난 사람이라도 모든 면에서 누군가보다 뛰어날 수는 없으니까.

내가 좋아하는 사람들 때문에 내가 작아지는 느낌을 받았을 때, 울상인 내게 태태가 말해줬다. 너를 작아지게 만들 정도로 우러러보는 마음이 드는 사람들이 주변에 있다는 것은 너 역시 누군가에겐 그런 사람이기 때문이라는 말. 그런 사람들이 곁에 머물고 싶은 사람이 나라는 것부터 스스로 인정하면 그게 최선의 시작이라는 말. 책에서 열 번도 넘게 읽은 진부한 이야기라고 속으로 생각하면서도 나도 모르게 마음이 조금은 누그러진다. 태태가 해준 말이니까. 내가 많이 존경하는 태태의 목소리로 들었으니까.

스스로의 노력이나 성실에 대한 만족. 아마 거기에 자아도취가 되어 나는 지금까지 살아올 수 있었던 게 아닐까. 걱정만 하는 내 모습도 버리고, 포근한 이불 속에서도 나오고, 이렇게 일기도 쓰면서, 남들은 쓸데없다고 생각하는 일을 나는 참 잘해, 하며 지금까지 스스로를 격려해왔다. 바람이 빠져 쪼그라진 풍선에 숨을 불어넣듯이. 그저 내가 시간을 들인 일에, 내가 그만큼 노력했음을 스스로 단단하게 납득할 수 있으면 그뿐이라고 생각하게 된다. 그리고 약간의 타협도 하려고.

아무것도 하지 않더라도, 토요일의 기상 시간을 조금은 앞당겨볼까. 토요일 오전, 해가 아직 꼭대기에 닿지 않은 그 시간에 내가 하고 싶은 기분좋은 일들을 일기장에 적어보는 일. 실천하지 않아도 좋은 계획들을 세우면서 그 노력이나 성실, 아무도 알아주지 않는 정성에 자아도취가 되는 일. 이런 나니까 존경하는 친구들이 존경받으며 내 곁에 있다고. 그런 사람들이 나와 함께하는 걸 거라고. 전화하면 목소리를 들을 수 있고, 보고 싶을 때 찾아가 칭얼거리면 맛있는 밥 한끼 얻어먹을 수도 있는 거라고.

비 원어민의 사랑

작년에 뉴욕에 다녀왔다. 처음으로 간 장거리 해외여행이었다. 보통은 휴가로 가까운 나라들을 짧게 자주 가는 편이었는데 큰 용기를 냈다. 여행 기간이나 비용도 물론 부담이었지만 사실 가장 큰 장애물은 영어였다. 정말 긴 시간 동안 영어를 배웠는데 누군가의 앞에서 영어로 말하려고 하면 벙어리가 되어버린다. 걱정하는 나에게 친구들은 말했다. 사람이 또 적응의 동물이라고, 위급한 상황에서는 영어가 술술 나오더라고. 그리고 어딜 가도 사람 사는 동네인데 말이 안 통하겠느냐고. 잠시 수긍하다가도 난 또 고개를 절레절레 저었다.

그러고는 친구가 있으면 아무래도 불안한 마음을 의지할 수 있을 것 같아서 같이 가고 싶은 친구를 찾아 꼬드기기 시작했다.

비단 영어뿐만이 아니다. 나와 비슷한 사람들 앞에서는 괜찮다. 무언가를 적당히 못하는 사람 앞에서는 나도 어떻게든 용기 낼 수 있겠는데, 상대가 해당 분야를 잘 아는 전문가라는 생각이 들면 주춤하게 된다. 자신감 없는 내 모습 때문일 거다. 창피함을 무릅쓸 용기가 없는, 물렁거리는 자존심 때문일 거다. 한번은 그런 내 모습에 대해 고민을 해봤는데 그건 아무래도 스스로가 허점이 많은 사람이라고 생각해서인 것 같다. 나는 허점이 많은 사람이니까 그 허점이 드러나지 않도록 만드는 일에 열심을 기울인다. 이건 드러나지 않도록 할 뿐이지 거짓말을 하거나 감추는 일과는 다른 거라고 스스로 합리화하면서. 그런데 누군가 그 허점을 발견할 것 같아서 괜히 눈치를 보게 되는 것이다. 원어민이 아닌 내가 영어를 못하는 게 부끄러운 건 아니라고, 그럴 수도 있는 거라고, 잘하는 게 대단한 거라고 생각하지만 늘 나보다 앞서 있는 사람들의 목소리가 들릴 때면 내가 반은 알아듣고 반은 흘려버리는 대화들을 웃으며 이어가는 그 모습에 동경심이 든다.

누군가를 좋아하는 일에서도 마찬가지다. 한번은 연하의 애인을 만나고 있는 친구가 이런 얘기를 했다.

"얘가 아직 대학생인데, 이번이 두번째 연애래. 휴, 모르는 게 너무 많다."

외모도 성격도 너무 마음에 드는데 오래 만나지는 못할 거라는 생각이 든다고 했다. 이런 상황에서는 어떻게 해야 하는지, 저런 상황에서는 어떻게 해야 하는지 하나부터 열까지 가르쳐주는 게 재밌으면서도 조금은 지친다고 했다. 옆에 있던 다른 친구도 거들었다.

"그치, 이제는 연애를 잘 아는 사람을 만나는 게 좋더라. 연애 경험이 너무 많은 것은 부담스러울 수 있지만, 나는 아예 경험이 없는 사람보다는 많은 사람이 더 좋은 것 같아."

나는 두 친구의 사이에서 괜히 애꿎은 커피잔 속의 빨대만 질경질경 씹고 있었다. 연애에 있어서도 나는 참 서툰 사람이라는 생각이 들었다. 내 마음을 헤집어놓고 멀어져간 사람들도 그런 나의 모습이 답답했을까. 흘러가는 과거의 기억을 더듬으며 상념에 빠져 있느라 말이 없던 나를 의식했는지 두 친구가 동시에 말했다.

"네 얘기 아닌 거 알지? 근데 너 연애는 잘하고 살아?"

상대는 잘하는데 내가 너무 못하면, 상대는 익숙한데 내가 너무 서툴면, 자신이 없어져서 도망갈 준비를 했다. 사람들은 어쩌면 나의 서툰 모습이 답답했던 게 아니라 자신 없어 하면서 도망갈 준비를 하는 그 모습이 답답했던 걸지도 모르겠다.

내가 3형식의 문장만을 구상할 때 5형식의 문장을 적어내는 사람, 내가 식탁에 놓인 포크 나이프 유리잔의 사용 순서를 몰라 허둥댈 때 자연스럽게 필요한 것들을 쏙쏙 뽑아 쓰는 사람, 서브웨이의 주문 방식이 익숙하지 않은 내가 광고 포스터에 있는 샌드위치만 시킬 때 이건 빼고 저건 넣고 빵은 이렇게 소스는 저렇게 자신의 취향을 지켜내는 사람들이 있다. 닮고 싶으면 배우면 그만이고, 꼭 배우지 않아도 되는 일들이었을지도 모른다. 하물며 누군가를 좋아하는 일은 더욱 더. '내 사랑에 노련한 사람이 어딨나요. 내 사랑에 초연한 사람이 어딨나요'라는 노래 가사처럼 사랑에 원어민은 어디 있고 비非 원어민은 또 어딨겠어. 그러니까 너무 자신감 없지 않아도 될 일이었는데.

도쿄 여행을 갔을 때, 서점 몇 곳에 갔었다. 거기에서 리코 씨를 만났다. 한국어를 너무 좋아해서 한국에서 유학생활도 했다고 말했다. 자기는 한국 출판사에서 일하고 싶다고. 아주 나중에는 한국어로 된 책을 번역해서 일본 사람들에게 소개하고 싶다고 했다. 나와 한국어로 대화하는 데 무리가 없어, 가지고 간 내 책 한 권을 선물로 줬다. 리코 씨에게서 얼마 전에 연락이 왔다. 한국어 교과서를 만드는 출판사에서 일하게 되었단다.

안녕하세요. 잘 지내고 있으세요?
저는 한국어 교과서를 만들고 있어요.
아직 상사가 전해준 걸 만들고 있지만
언젠가 한국 출판사 아니면 한국 대학교
그리고 한국인 작가님이랑 책 만들고 싶어요.

지금도 가끔씩 당신의 책 읽어요.
따뜻한 마음이 돼서 너무 좋아요.
당신의 글은 외국 사람도 쉽게 이해할 수 있기 때문에
앞으로 같이 일할 수 있다면 좋겠어요.

리코 씨의 글을 읽으며 마음이 뜨끈해진다. 마음속에 하고 싶은 말이 얼마나 많았을지. 그런데 그걸 다 표현할 수 없어서 몇몇 문장들을 골랐을 거다. 적고 쳐다보고 고치고 다시 적고, 그렇게 나에게 전송한 몇 줄의 문장이었을 거다. 답장을 보냈다. 나도 적고 쳐다보고 고치고 다시 적어서. 언젠가 리코 씨와 함께 일하고 싶다고. 그때까지 내가 리코 씨를 조금만 더 닮을 수 있다면 좋겠다는 말은 살짝 지우고.

나와 비슷한 사람과의 연애

날씨 화창한 어느 봄날의 토요일. 짝이 있는 친구들은 하나둘 약속이 있다며 자리를 떴다. 어두컴컴한 술집에 빙 둘러앉은 건, 다른 건 다 똑 부러지게 잘하면서 연애만은 어렵다는 부류의 우리들.

"그래, 넌 어떤 사람을 만나고 싶어? 솔직히 너 눈 높지?"

사실 어떤 사람을 원하느냐는 질문이 크게 어려운 건 아니었다. 우리들의 이상형은 대부분, 보통의 사람이었으니까. 얘기를 나누다보니 '나와 크게 다르지 않은 딱 나 정도의 사람'이 우리 모두의 이상형이었다. 그리고 조건들이 하나씩 붙었다. 외모도 보통, 성격도 보통, 집안도, 학력도, 회사도……. 그러다보니 결국 결론은 '적당한 사람 만나기 정말 힘들다'.

우리가 이렇게 수렁에 빠져 허우적대고 있을 때, 누군가는 자신의 짝을 만나고 열심히 사랑하고, 결혼을 해 가정을 꾸리기도 한다. 그런 걸 보면, 사랑하는 두 사람이 만난다는 것은 쉽거나 어렵다는 기준을 들이대기도 힘들 만큼 한 개인이 어쩔 수 없는 미지의 영역인지도 모르겠다.

계속 반복되는 우리의 신세한탄에 한 친구가 결론을 내렸다. "우리 엄마가 늘 그런 말을 했어. 치명적인 필수 조건을 제외한 나머지 조건들은 아예 포기할 수 있어야 한대. 그래야 짝을 만날 수 있는 거래." 그런데 아무리 생각해도 정말 아무래도 좋다고 생각할 수 있는 나머지 조건으로는 단 하나도 생각나지 않았다. 이건 참 이상한 마음이다. 우리와 비슷한 사람을 만나고 싶다면서, 어떤 기준 하나도 포기할 수 없다는 건. 그건 다들 아닌 척하면서 나 스스로가 그만큼 괜찮은 사람이라고 생각하고 있기 때문인 걸까. 우리가 가지고 있는 결점들이 분명 존재하지만, 그 결점들이 날카로운 결정이 되어 주머니 밖으로 튀어나오지 않도록 노력하고 있어서 그런 걸까.

"식당에 가서 밥을 거의 다 먹었는데 밑반찬을 더 먹고 싶을 때 있잖아. 그런데 내 애인이 우리 밥 거의 다 먹었으니까 시키지 말자고 하는 거야. 그러면 어떻게 할래? 지금 더 시키면 반찬이 남게 되니까 얘는 그게 싫어서."

친구의 질문에 모두들 우— 하고 야유를 보냈지만, 사실 나는 이런 사람이다. 주면 더 먹고 안 주면 안 먹는. 사실 자주, 나의 기호보다는 타인의 기호에 반하지 않는 게 더 중요하고. 나의 말과 행동으로 누군가가 부산물을 만들어야 하는 상황을 가장 불편해한다.

나 역시 나와 비슷한 사람을 만나면 좋겠다. 나의 모든 점이 마음에 드는 것은 아니지만, 사실은 밉거나 싫은 점이 더 많을 때가 있지만 그럼에도 나와 비슷한 누군가를 만나고 싶다. 종업원이 커피잔을 건네주다가 내 손에 커피를 좀 흘렸을 때, 쓱쓱 바짓단에 문지르는 모습을 바보같다 생각하지 않는 사람. 다신 안 볼 사람들이니까 신경쓰지 않는 게 아니라, 한 번 보고 말 사람들이니까 최선을 다해 성실하게 대하는 사람. 그런 사람과 함께 많은 시간을 보낼 수 있다면 좋겠다.

겉옷처럼 좋아한 사람

선물 받은 겉옷이 좋아서, 많이 좋아서 낮에는 더울 것을 알면서도 꼭 챙겨 입고 나간다. 집에 혼자 있을 때도 잠옷 위에 걸쳐 입곤 한다. 책을 읽다가 문득 옷깃에 코를 대고 숨을 들이마셨다. 좋아하지 않을 수 없는 냄새. 알고 있을까? 내가 꼭 이 겉옷처럼 좋아했다는 사실을. 이 겉옷처럼 늘 곁에 두고 싶었다는 것을. 이 겉옷처럼 하루 가득 생각했다는 것을. 꼭 내 품을, 내 곁을 내어주려고 했다는 것을.

코끝에 싸한 바람이 부는 가을의 입구. 지금이 겨울이 아니라서 얼마나 다행이라고 생각하는지 모를 거다. 아침까지 어둡고 또 금방 해가 지는 겨울이 아니라서. 앞으로는 해가 더 짧아지겠지. 그래도 지금은, 혼자서 깜깜한 곳에 있지 않아도 된다는 생각만으로도 마음이 괜찮아졌다. 언젠가 겉옷을 벗어야 하는 계절이 오면 이 마음도 잘 아물겠지. 겉옷처럼 좋아한 사람도 잘 있겠지. 누군가를 잘 잊겠지.

어떻게 고양이를 안 좋아할 수가 있나요

우리 회사 건물 앞에는 길고양이가 산다. 이름은 길순이. 회사에서 사내 공모를 통해 뽑힌 이름이다. 아침에 출근을 하다보면 1층 카페 앞 공터 풀숲에 숨어 있다가 고개를 쏙 내밀고는 한다. 인기가 많은 녀석이라 점심시간이나 퇴근시간에는 어김없이 사람들에게 둘러싸여 있다. 사람들은 이름을 불러보기도 하고 털을 쓰다듬기도 하고 엎드려 잠자고 있는 모습이 이쁘다고 찰칵찰칵 사진을 찍기도 한다. 나랑 동료들도 점심을 먹으러 가는 길에 가끔씩 길순이에게 시선을 뺏겨 점심시간 오 분을 할애할 때가 있다.

나는 길순이를 좋아하기는 하지만, 막 다가가서 쓰다듬거나 이름을 불러보지는 않는다. 동료들이 길순이에게 다가가서 무릎을 구부리고 주저앉은 채로 행복한 표정을 지으면 그 순간을 멀리서 카메라로 담는 게 나의 역할이다. 내가 그렇게 멀뚱멀뚱 서 있거나 휴대폰이나 만지고 있으면 사람들이 묻는다. "고양이 싫어해요?" 물론 아니다. 고양이를 싫어하지 않는다. 귀엽고 사랑스럽지만 그저 그렇게 많이 좋아하지 않을 뿐.

열 살 즈음부터 집에서 강아지와 함께 살았다. 처음 길렀던 강아지는 오 년 정도 함께했는데, 어느 날 이사 간 지 얼마 되지 않은 집에서 청소를 하느라 대문을 활짝 열어놓은 사이 집을 나가버렸다. 온 동네를 샅샅이 뒤졌는데도 결국 찾지 못했다. 어린 나이였지만 죄책감에 한참을 울었다. 두번째 키우던 강아지는 재작년에 무지개다리를 건넜다. 십오 년을 우리 가족과 함께했던 그애의 이름은 똘이. 어느 날 삼촌이 똘이를 데리고 산책을 나갔다가 그만 아파트 단지 안에서 쌩쌩 달리던 자동차에 사고를 당했다.

명절에야 종종 연락하던 먼 친척들은 똘이의 사고 소식을 듣고 십오 년이면 그래도 오래 산 거라며 우리를 위로했지만, 그 말이 쉽게 위로가 되지는 않았다. 똘이를 가장 좋아했고 또 똘이가 가장 좋아했던 삼촌은 한동안 술을 마시면 나에게 전화를 해서 똘이에게 너무 미안하다는 말을 반복했다. 삼촌뿐만이 아니었을 거다. 평소에 할머니는 늘 똘이와 붙어 있는 삼촌을 보고 혀를 끌끌 차고는 했다. 똘이 때문에 삼촌이 아직까지 결혼을 안 하는 거라고, 자기가 나중에 똘이를 어디에 갖다 줘야겠다고 농담반 진담반으로 말했었다. 하지만 그러면서도 늘 똘이의 밥을 챙겨주는 사람은 할머니였고, 화장실에서 똘이의 똥오줌을 치우는 것도 할머니였다. 약소하게 똘이의 장례를 치른 날, 할머니는 차라리 잘됐다고, 맨날 밥 주고 똥 치우는 거 귀찮았는데 이제는 안 해도 돼서 좋다고 말했지만 할머니가 똘이네 집, 똘이가 쓰던 밥그릇과 물그릇, 똘이의 장난감들을 집에서 완전히 덜어내는 데는 굉장히 오랜 시간이 걸렸다.

삼십일 년 일생 중에서 강아지와 함께한 시간이 함께하지 않은 시간보다 더 길었던 내가 강아지를 별로 좋아하지 않는다고 말했을 때 친구들은 조금 이상하다고 했다. 그렇게 오랜 시간을 강아지와 함께했는데 왜 좋아하지 않느냐고. 산책하는 강아지의 뒷모습만 봐도 행복해지지 않느냐고.

물론 나 역시 길을 걷다 강아지를 보면 귀여워서 가던 걸음을 멈추기도 하고, 어떨 때는 많이 망설이다가 사진을 찍어도 되는지 주인에게 물어보기도 한다. 그럼에도 불구하고 누군가가 나보고 강아지를 좋아하느냐고 물어보면 단번에 그렇다고 대답하기가 망설여진다. 사실 모든 강아지를 좋아하는 건 아니라서. 미안하게도 나는 내가 좋아하는 강아지만을 좋아한다. 지난날 동안 나는 똘이를 너무 좋아했지만, 그건 똘이여서 좋았던 거다. 다른 강아지가 아니라 똘이여서.

나는 무언가를 혹은 누군가를 좋아하는 마음을 빨리 가지는 편인데, 개인이 가지는 좋아하는 마음의 자율권은 전적으로 존중해야 한다고 믿고 있다. 누구나 사랑해야 할 것은 존재하지 않으며, 누구에게나 사랑받아야 할 것도 존재하지 않는다는 생각을 한다.

"아니, 어떻게 고양이를 안 좋아할 수가 있어요?"

언젠가 고양이를 여럿 키우는 지인에게 들었던 말. 그 말을 듣는데 사실 조금 울컥했다. 아직도 이렇게 귀엽고 사랑스러운 존재의 매력을 모르냐는 장난기 섞인 핀잔이 아니라,

'너는 동물권이나 다른 생명체들과의 상생에 대해 관심 없는 사람이구나' 하는 뉘앙스를 담아서 말했기 때문이다. 그런 질문에 대답하는 건 지금까지도 마음이 불편하다. 동물을 좋아하는 사람이 물어보는 '동물을 좋아하냐'는 질문이나, 아기를 좋아하는 사람이 물어보는 '아기를 좋아하냐'는 질문들 앞에서.

한번은 친구들과 강아지가 있는 카페에 갔다. 친구들은 모두 귀여운 강아지에게 온통 마음을 빼앗겨버렸다. 카페의 강아지는 무척 덤덤한 성격이었는데 우리가 이름을 부르거나 손뼉을 쳐도 쳐다보기는커녕, 한쪽 구석에 엎드려 눈만 끔뻑끔뻑거렸다. 강아지 앞에서 온갖 재롱을 부리는 우리가 애처로웠는지 사장님이 말했다. "저 녀석, 손님들이 하도 귀엽다 귀엽다 하니까 연예인 병에 걸려서 그래요. 이제는 불러도 쳐다도 안 본다니까요." 그 말을 듣고 한 친구가 나에게 말했다. 쟤는 이렇게 많은 사람들에게 사랑받아서 좋을 거라고. 분명히 행복할 거라고. "그렇지 않아?" 하고 묻는데 내가 그만 "글쎄"라고 대답해버렸다. "잘 모르겠어. 내가 강아지라면 사람들이 아무리 좋아해준다고 해도 다른 강아지한테 사랑받고 싶을 것 같아."

내 말에 친구는 살짝 기분이 상한 듯했다. 내가 동물을 잘 몰라서 그런다고 했다. 자기는 사람한테 사랑받는 거보다, 반려묘가 자기를 사랑한다고 느낄 때 더 행복하다고. 자기 고양이도 분명히 자기가 사랑해주는 걸 알기 때문에 행복할 거라고. 순간 벙쪘다. 사실 나는 그런 뜻으로 말했던 게 아닌데. 고양이를 좋아하는 친구도 내가 좋아하고, 그 친구가 좋아하는 고양이도 나는 좋아하는데. 그냥 저 강아지는 또다른 사랑이 필요한 건 아닐까 하는 생각을 잠시 했을 뿐인데.

나는 강아지의 말을 할 수 없으니까, 고양이의 말도 할 수 없으니까 이 친구들이 무슨 생각인지 평생 알 수 없을 것이다. 그런 생각을 하면 씁쓸해진다.

똘이가 나와 오랜 시간을 함께했지만 그 순간들이 모두 행복이었을 거라고 확신할 수는 없다. 그럼에도 불구하고 그 십오 년이, 십오 년은 아니더라도 그 반의반만이라도 우리 가족과 함께한 시간이 행복하고 즐거웠기를 바랄 뿐이다. 나에게 위로가 되었던 그 표정을 네가 보여주었듯이, 나도 너에게 기쁨이 되는 표정을 보여줄 수 있는 사람이었다면 좋았겠다고.

똘이는 무지개다리를 건너 이미 좋은 곳에서 잘 살고 있을 테지. 집을 나간 첫번째 강아지는 기적처럼 살아 있을까. 좋은 주인을 만나 살다가 무지개다리를 건넜을까. 만약 아직도 살아 있다면, 그 녀석을 만나면 꼭 물어보고 싶은 게 있다. 집을 나가고 싶었냐고, 아니면 길을 잃어 돌아오지 못한 거냐고. 내가 건넨 손길을 네가 얌전하게 받아들였다고 해서, 꼬리를 이리저리 흔들며 내게 달려왔다고 해서, 그런 폭폭한 기억들이 남아 있다고 해서, 나를 좋아했는지 아닌지, 그래서 집으로 돌아오고 싶었는지 아닌지 확신할 수는 없을 것만 같아. 내가 그들의 말을 할 수 없는 게 가끔은 속상한 일이 된다.

나는 아무래도 이기적인 '사람'이다. 길을 잃은 게 아니라 돌아오고 싶지 않았던 거라고, 그런 선택이었다고 생각하는 게 네게는 좋은 일인 것만 같은데 나는 계속 네가 길을 잃은 것이길 바라게 된다. 내가 많이 사랑해줬으니까 너도 꼭 나를 사랑해야 한다고. 내 사랑으로 행복해야 하는 존재라고.

티 안 나게
한 발짝

회사 건물의 청소부 아주머니가 바뀌었다. 열심히 바닥에 걸레질을 하시다가도 나를 보면 "안녕하세요" 하고 인사를 해주신다. 그래서 나도 "안녕하세요" 하고 인사를 한다. 어떤 날은 내가 먼저, 어떤 날은 아주머니가 먼저. 지금까지 수많은 건물에서 다양한 청소부를 만났는데, 이 아주머니는 지금까지 만났던 청소부들과 다른 점이 하나 있었다.

남자 화장실에 들어오기 전에 꼭 "들어가도 되나요?" 하고 밖에서 물어본다. 내가 복도를 지나가면 나를 붙잡고서

"저기, 혹시 지금 남자 화장실에 사람이 있는지 봐줄래요?" 하고 물어본다. 나는 잠깐 화장실을 살피고 알려드린다. "좌변기 칸에만 사람이 있어요." 그러면 "어휴, 그럼 괜찮어. 얼른 세면대 물기만 닦고 나오려고요. 아주 물이 한강이야"라고 나를 향해 싱긋 웃으며 얘기한다. 뭔가 따라 웃게 되는 웃음이다. 그래서인지 나는 이 아주머니가 좋다. 나에게 먼저 인사하는 다정한 목소리도 좋고, 열심히 청소하고 있는 중에 내가 화장실에 들어가면 눈이 마주치기도 전에 잽싸게 밖으로 도망가시는 그 모습도 좋다.

예전에 한번 그런 적이 있었다. 화장실에서 소변을 보고 있는데 청소부 아주머니가 들어와서 걸레질을 시작했다. 걸레는 점점 내 쪽으로 다가오고. 나는 얼른 끊고(?) 싶었는데 마음처럼 빨리 끊기지가 않아서 난감했다. 부끄럽거나 하지는 않았다. 그저 내가 어떤 반응을 보여야 하는 것인지를 몰라서 당황했던 것 같다. 왜 어떤 반응을 보여야만 한다고 생각했는지 모르겠지만.

좀더 어릴 때는 부끄러워했었다. 그러다 점점 부끄러워하지 말아야겠다고 다짐을 했다. 남자 화장실에 들어오는 청소부 아주머니는 굉장히 용감하다고 생각했기에. 회사 로고가 박힌 유니폼을 입고 손에는 대걸레를 들었다고 해도, 만약 나라면 나의 등장에 당황한 표정을 짓는 사람들이 있는 공간에 들어서는 게 쉽지는 않을 것 같아서. 그래서 당황해하지 말아야지, 생각했다. 그분들이 나의 당황함에 당황하지 않도록.

지난 주말, 엄마와 외할머니와 여름맞이 삼겹살을 구워 먹었다.

나: 할머니. 우리 회사에 청소부 아주머니가 새로 오셨는데, 남자 화장실에 들어올 때 꼭 사람 있는지 확인해. 할머니도 옛날에 그랬어?

우리 할머니는 사십대 때 경상북도 영주에서 자식 여섯을 모두 데리고 서울로 올라와 정착했다. 그리고 아주 오랫동안 청소일을 했다. 지금은 사라진, 강서구 그랜드마트에서.

할머니: 그랬었나? 기억이 잘 안 나. 근데 청소일이라는 게 그럴 틈이 어딨어. 화장실만 청소하는 것도 아니고. 얼른 끝

낼 생각만 했었지. 끝내고 조금이라도 더 쉬고 싶어서. 숨 좀 돌리고 싶어서.

나: 근데 할머니, 있잖아, 내가 쉬하고 있을 때 청소하는 분들이 들어오면 아무렇지 않은 척하는 게 맞는 걸까? 아니면 조금 부끄러워하는 게 맞는 걸까? 나는 사실 조금 민망하기는 한데.

할머니: 그런 걸 왜 물어?

나: 그냥 열심히 할일 하는 건데 내가 당황해서 민망해하는 것도 뭔가 죄송한 마음이 들고, 그렇다고 엄마 나이와 비슷한 분들이라고 해서 그분들에게서 성별을 걷어내고 아무렇지 않아 하는 것도 조금 이상한 것 같아.

엄마: 아들, 나는 그런 생각하는 네가 더 이상하고 웃기다.

나: 그런가? 그냥, 새로 오신 청소부 아주머니가 좋다고. 화장실 청소할 때마다 그렇게 신경써주는 게 좋아서 그래. 출근해서 인사하면 그날 기분도 좋다?

할머니: 그럼 다행이네. 근데 너무 신경쓰지 마. 다 해야 하니까 하는 일인데, 먹고살려고 하는 일인데. 창피하고 안 하고, 민망하고 안 하고가 어딨어. 너도, 청소하는 사람도 마찬가지지.

나: 그렇지? 그런 거지?

할머니: 그냥 쉬하고 있을 때 누가 들어오면 아무렇지 않게, 티 안 나게 살짝 한 발짝 더 앞으로 다가서. 지금 생각해보니 그런 게 고마운 일이지, 뭐.

역시 할머니가 정답이다.

앞으로도 쭈욱 할머니가 하는 말을 잘 들으면 될 것 같다.

여유롭게 사는 사람을 좋아했다

여유롭게 사는 사람들을 좋아했다. 대개 금전적인 여유가 마음의 여유로 이어졌다. 좋아하는 마음이 사랑으로 변해가는 것에는 분명 어떤 이유가 있겠지만 가끔은 내가 너무 속물적인 건가, 늘 생각을 했다.

그 사람을 처음 만날 날, 그이는 약속시간보다 일 분 늦게 왔다. 카페에서 커피를 주문하는데 그 사람이 먼저 잽싸게 카드를 내밀었다. "이걸로 계산해주세요" 하고. 응? 아닌데. 이건 내가 계산해야 하는데. 내가 당신에게 호감이 있는데. 그

걸 표현해야 하는데.

자리에 앉아 얘기를 하다보니, 내가 전해 들은 것보다 여유롭게 사는 사람이었다. 티 내지 않아도 드러나는 여유. 그 사람의 입에서 나왔던 말들을 잘 기억했다가, 그 사람이 하고 다니는 것들을 눈에 잘 담아뒀다가 언젠가 같은 것을 발견하게 되면 주변 사람들에게 물어보고는 했다.

"저 가방 좋은 거야?" 엄청 비싼 거라고 친구들이 알려주면 그런 비싼 가방을 들고 다니는 사람이 나를 좋아한다고 생각해서 우쭐하다가도, 동시에 내가 거기에 어울리지 않는 사람일까봐 주눅이 들기도 했다. 내가 마음을 줘도 괜찮은 사람인 건지 모르겠어서. 이런 조건들 때문에 그 사람에게 마음이 갔던 것도 아주 조금은 있겠지만.

사랑받으며 자라고 부족함 없이 자란 사람들을 동경하면서도, 언젠가 만나고 싶다고 생각하면서도, 지금까지의 나는 거기서 많이 도망치고 피해왔던 것 같다.

커피를 다 마시고 나서 그 사람이 말했다.

"배고픈데, 우리 뭐 먹으러 갈래요?"

저녁에는 중요한 약속이 있다고 분명히 미리 말했는데, 그래서 이렇게 어중간한 오후에 카페에서 보기로 한 걸 분명히 알고 있을 텐데, 아무렇지 않게 묻는다. 이렇게 아무렇지 않게 물을 수 있는 게 어떤 의미인지 서른하나의 나는 모두 알게 되었으니까, 내 의지와는 다르게 그러자고 했다. 나는 그냥 그 사람이 좋아져버려서.

우리가 함께 밥을 먹으러 간 장소는 마라탕집. 마라탕을 먹고 싶다고 나를 데려가서는 자연스럽게 그릇에 음식을 담았다. "이건 이렇게 먹으면 돼요, 먹고 싶은 게 있다면 그냥 다 골라도 돼요. 어차피 그렇게 먹는 음식인걸."

그 사람은 얼굴에 마라탕 국물이 튄 것도 모르고 호로록 호로록 밥을 먹었는데 그 모습은, 전혀 부끄럽거나 창피하게 생각되지 않았다. 오랜 습관이나 생활환경에서 묻어나는 가여움이 아닌 순간의 실수에서 묻어나는 천진함이어서. 그런 순간의 실수들은 사람을 얼마나 사랑스러워 보이게 하는지(물론 알고 있었을 거다). 우리 집에 와서는 열두시가 다 된 시간에 라면을 끓여 먹었다. 배가 고파서 잠이 안 온다고. 좋아하는 사람의 집에서 자정이 넘은 시간에 먹고 싶은 음식을 마음껏 먹을 수 있다는 건 얼마나 넘치는 자신감일까. 이 사람은 분명히 날 사랑할 거라는 자신감. 맞아. 내가 사랑하고 있다는 사실.

그이의 집에 가는 길. 세 정거장이나 전에 내려서 커다란 마트에 갔다. 튼튼한 케이스에 포장되어 있는 딸기를 집었다. 지금까지 살면서 한 번도 본 적 없는 크기의 딸기. 새빨갛고 선명한, 검은 점이 박힌 딸기. 그 사람의 집에 놀러갈 때 평소라면 집지 않았을 굵은 씨알의 과일을 고르며 그 삶을 지켜 주고 싶다는 생각을 했다. 어쩌면 그 삶에 내가 속하고 싶었던 걸지도.

궁핍한 마음을 가진 사람들도 좋아했지만 결국엔 서로를 밀어내게 되었다. 스스로의 결핍을 돌보기에 분주한 마음들은 언젠가 상대에게 상처를 줬다. 내가 그에게, 그가 나에게. 그건 가난의 부정적 요소들이 부정적으로 발현된 모습이었다. 사람을 지치게 했다.

그 상황 속에서 구김 없이 자라는 건 쉽지 않다. 잘 자란 사람들이 대단한 거다. 아니, 내면에 그림자가 짙다고 해도, 드러내지 않고 살아갈 수 있는, 남들의 두 눈을 찌푸리지 않게 하는, 스스로를 다스릴 줄 아는 사람들이 대단한 거다.

가난한 사람이 나타샤를 사랑해서 부르게 되는 가난한 사랑 노래는 듣고 있으면 늘 마음이 절절하지만 아름다운 결과들과는 거리가 멀다. 마음이 자꾸 가는 천진한 사람들을 만나면 나는 두려운 마음이 든다. 내 마음이 가난할까봐. 그들과 다르게 점점 더 가난해지고 있는 중일까봐. 조금 다른 모습에 매력을 느껴 다가오다가도 어느 순간 정말로 줄일 수 없는 격차를 깨닫고 떠나갈까봐. 내가 아무리 괜찮은 척을 해도 네가 괜찮은 게 중요한 게 아니라, 내가 괜찮지 않은 게 중요한 거라고 말하고 사라지는 괜찮은 사람들을 만날까봐.

가방을 무겁게 메고 다니는 사람

내 모습 중에 마음에 들지는 않지만 연민이 가는 것들이 있다. 그중에서 가장 큰 것은 바로 가방을 늘 무겁게 메고 다니는 모습. 가방을 무겁게 메는 것은 욕심이 많다는 것이고, 가방을 무겁게 메는 것은 해내고 싶은 것도, 이루고 싶은 것도 많다는 뜻이다. 가방을 메고 밖으로 돌아다니는 그 하루 동안의 욕심.

문제는 그만큼의 에너지가 없어서 늘 담아간 것의 반의반도 못하고 집에 돌아온다는 사실이다. 밖에 나가면 왜 그렇게 시간이 빨리 가고, 금세 피곤해지고, 집에 빨리 가고만 싶어지는지. 혼자서 대충 때우는 식사들은 왜 그렇게 먹어도 먹어도 금방 배가 고파지는 건지.

빨간 날이면 나는 며칠 전부터 그 하루 동안 해낼 일들의 목록을 짠다. 그리고 목록의 순서대로 가방을 차곡차곡 채운다. 그날 하루를 테트리스 게임처럼 계획한 일을 하는 데 몽땅 활용할 수 있을 거라고 생각해서. 그런데 아니었다. 나에게 여유로운 열두 시간이 주어진다고 해도 나는 열두 시간 동안 오롯이 무언가를 해낼 수 없는 사람이라는 걸 알게 됐다. 고작 두세 시간을 계획한 일에 사용할 수 있다는 것. 하루는 할 일을 하는 시간과 쉬는(또는 노는) 시간으로만 나뉘는 것이 아니라, 그 사이사이에 준비 시간도 꼭 필요로 한다는 것. 나는 한 시간 쉬고 나서 바로 다시 집중해서 무언가를 할 수 있는 게 아니라, 무언가에 집중하기 위한 준비 시간이 또 한 시간 필요한 사람이다. 그 준비 시간이 내 하루의 만족감에 상당히 큰 영향을 미치고 있었다.

요즘에는 가방의 무게를 조금씩 더는 연습을 한다. 아직까지 나는 건강하니까, 무겁게 가방을 메도 거뜬한 사람이니까.

무언가를 덜어내며 느끼는 불안감보다 어깨가 조금 아픈 게 낫다고 생각하지만, 그래도 조금씩. 이런 내가 달라지도록 조금씩. 가방 속을 오래 들여다본다.

두 권 넣던 책도 한 권으로 줄이고, 노트북을 챙기는 날엔 다른 자질구레한 것들은 꺼내놓고 간다. 지하철에 앉아 다리 위에 가방을 올려놓으며 한껏 가벼워진 무게에 새삼 놀랐다. 잘하고 있어. 조금씩 나아지고 있어.

그런 생각을 했다. 우리의 하루가 인생의 요약본이라면, 이 하루하루가 모여 우리의 인생이 되는 거라면, 마치 폭신폭신한 계란말이처럼 이 하루가 내 인생을 썰어 담았을 때 보이는 샛노란 단면이라면. 나는 아마 눈을 감을 때까지 잠깐도 펼쳐보지 않을 책들을 챙기느라 꼬박꼬박 시간을 보내고 있는지도 모르겠다. 이렇게까지 욕심을 내지는 않아도 괜찮겠다는 생각을 했다. 순간순간에 즐거움을 주는 일들만으로 하루를 채우는 게 방탕한 삶이 아니라고 생각하고 싶어졌다.

계단을 오르며 제 몸만큼 커다란 가방을 멘 사람의 뒷모습을 봤다. 어깨가 너무 무거운 사람들의 표정을 스쳤다. 그 가방 안에 무엇이 들었는지 알지도 못하면서, 나는 가방을 무겁게 메고 다니는 사람들의 그 마음이 너무 좋고 또 연민이 들어 그들을 불러 세운다. 가방을 열고 지금 당장 읽지 않을 책을, 지금 당장 정리하지 않아도 되는 과업들을 하나씩 덜어낸다. 나와 닮은 그가, 그들과 닮은 내가, 나와 그와 우리가 바라는 인생을 살 수 있도록.

지난주에는 좋아하는 브랜드에서 조그만 가방을 하나 샀다. 지갑과 손수건과 텀블러 하나가 들어가면 꽉 차는 크기의, 어깨를 편안하게 해줄 기분좋은 무게감을 주는 가방으로 골랐다.

어차피 젖을 비라고 해도 우산을 안 쓸 수는 없습니다

하루종일 정신이 없었다. 우리 회사는 왜 이렇게 바쁠까. 입사하고 나서 삼십 분을 마음 편하게 쉬어본 적이 없다. 전 회사에서는 그래도 나른한 오후가 되면 대리님이, 과장님이, 팀장님이 차 한잔 마시고 오자며 회사 밖으로 불러냈었는데. 나보다 높은 사람들이 데리고 나가는 거니까 마음에 짐이 없었다. 십 분을 쉬든, 삼십 분을 쉬든, 어쩌다 한 시간을 쉬든 걱정 없이 편했었다. 지금 다니는 회사는 직급의 개념이 없다. 그리고 해야 하는 일의 양은 언제나 내가 할 수 있는 것 이상이어서, 쉬려면 큰마음을 먹어야 한다. 집에 일찍 갈 것을 포기하거나, 퇴근하고 노트북을 들고 카페에 가거나다. 그런데 또다른 동료들을 보면 워크와 라이프의 밸런스를 잘 맞추고 있는 것 같아 보이기도 해서, 문제의 원인을 나에게서 찾게 된다. 어쩌면 일을 처리하는 방법과 속도가 잘못되었거나, 내 삶을 소중히 여길 줄 아는 태도가 잘못되었거나 둘 중 하나겠지. 힘들면서도, 타인들에게 제대로 말하지 못하고 나 스스로 일기장에 징징대는 걸 보면, 분명히 나에게 문제가 있다.

오전에는 그래도 괜찮았는데, 오후를 다 보내고 업무 종료 시각이 다가오자 등에서 식은땀이 흘렀다. 해야 할 일 중 아직 제대로 손대지 못한 것들이 태반이었다. 저녁에 약속이 있어 옷도 신경써서 입고 왔는데. 어제 잡지에서 본 것처럼 멋을 내려고, 티셔츠를 두 개나 겹쳐 입었는데 등에 식은땀이 자꾸 나서, 하나는 의자에다가 훌렁 벗어던졌다. 나는 왜 이렇게 쉽게 땀을 흘리는지 모르겠다. 땀 흘리는 건 정직한 거라고 믿고 있지만, 땀 흘리지 않고도 멋져 보이는 사람들을 동경하게 되면서 땀 흘리는 내 모습이 부끄러울 때가 종종 생겨난다.

아무튼 퇴근 후 친구와 동네 카페를 갔다. 이런저런 이야기를 나누던 중, 갑자기 소나기가 쏟아졌다. 쏟아지는 비는 멈출 생각이 없고, 열두시가 다 되어가고, 카페는 곧 문을 닫아야 한다는 신호를 보내고 있었다. 나를 보러 우리 동네까지 와준 친구에게, 내가 가지고 있던 우산 하나를 쥐어줬다. 나는 자전거가 있어서. 자전거를 타면 집까지 금방이니까. 다음에 만나자고 손을 흔들며 나는 자전거를 타고 집에 왔다. 휴대폰을 제외하고는 다 젖어도 괜찮다는 생각으로 페달을 밟았다. 그 생각을 하니까 자전거를 탈 수 있었다. 집이 가까워서 가능했고 금요일 밤이라 가능한 일이었다.

그런 적이 있다. 장맛비가 세차게 쏟아지는 날이었다. 가진 우산 중에서 가장 큰 우산을 써도 모두 젖어버렸다. 신발이, 그 속의 양말이 축축해지더니 이윽고 어깨도 가방도 얼굴도 모두 젖게 되었다. 그렇게 젖어버릴 것을 알았더라면 처음부터 이런저런 노력을 하지 않았을 텐데. 사실 확답은 못하겠다. 나는 알면서도 애쓰는 사람이니까. 그런데도 노력한 내 모습에 조금씩 후회가 찬다. 신발 속에 물이 들어갈까봐 웅덩이를 피해 살금살금 걷던 내 모습이 바보처럼 느껴졌다.

이 정도로 퍼붓는 비에 안 젖을 거라고 생각하고 그렇게 노력해온 거야? 난 지금까지 무얼 위해 열심히 달려온 거야?

마음을 참으려 노력하는 일도 비슷한 것 같다. 어차피 떠올릴 사람을 떠올리는 일이다. 젖는 정도를 조절하지 못하는 일이다. 괜한 자존심을 부리는 일이다. 생각하지 않으려고 애써 노력해도 생각이 나는 사람은 그냥 생각하는 게 맞는 걸지도 모른다. 비 그친 뒤 우산처럼, 물기가 마를 때까지 마음을 접지 않고 펼쳐두는 게 맞는 일일지도 모르겠다. 조금 매력 없는 사람이 되더라도. 자신한테 조금 못된 사람이 되더라도.

삿포로
TV 타워

찬이 삿포로에 갔다. 오늘 나와 같이 전시회에 가자고 지난주에 약속을 잡아놓고서는 어제 연락이 왔다.

"근아, 어쩌면 네가 원했던 걸지도 모르겠지만 내일 전시회에 같이 못 가게 되었어. 나 갑자기 삿포로 여행을 가게 되었어."

언제나 뜬금없이 보자고 하는 찬. 이번에는 뜬금없이 못 본다는 연락을 했다. 내가 해왔던 수많은 만남 '거절'과 수많은 약속 '취소'에 대한 보복인 걸까. 아무렴. 전시회는 혼자 가는 게 더 좋으니까.

부럽다. 이렇게 갑자기 떠날 수 있는 마음. 소리소문 없이 급작스럽게 여행을 떠나거나, 무언가에 오랜 고민 없이 커다란 금액의 비용을 지불하는 사람들을 보면 부러운 마음이 든다. 나와는 조금 다른 결의 사람인 것 같아서 호감도 생기고. 하지만 그들의 이런 결정들이 쉽게 이루어진 것만은 아님을 알고 있다. 그들은 나보다 조금 더 용기 있는 성향을 가졌을 뿐이겠지. 조금은 더 쉽게 용기 낼 수 있는 환경 속에서 지내고 있을 뿐이겠지. 오늘 새벽 삿포로로 떠난 찬이도 아마 그런 사람일 거다.

스스로 검색하지 않고 그때그때 연락해 질문하는 통에 친구들 사이에서 '핑프(핑거 프린스)'라고 불리는 찬이. 삿포로에 도착했는지, 메세지 하나가 왔다. '나 삿포로에 괜찮은 카페 추천 좀.' 얄미워서 안 가르쳐주려다가 나는 또 구글 지도를 살피고 있다. 내가 갔던 곳을 훑어보며 블로그 게시글을 여러 개 보내준다. 내가 경험했던 것들을 내가 아는 누군가와 함께 공유하고 싶은 건 인간의 보편적인 욕망인 걸까. 내가 좋아하는 걸 그 사람도 좋아했으면 좋겠고, 내가 싫어하는 걸 그 사람도 싫어했으면 좋겠고, 나에게 아득한 것들은 그 사람에게도 아득했으면 좋겠다. 나에게 막연한 것들이 그에게도 막연하길 바라지만, 나보다는 조금 덜 막연해서 내가 의지할 구석이 되었으면 좋겠는 마음도 있다. 그런 욕심이 친구에게도 연인에게도 가족에게도 조금씩 생긴다.

찬이에게 신이 나서 삿포로 얘기를 하다가, 나도 추억에 취해서 지난날 삿포로에 다녀온 사진들을 다시 꺼내봤다. 삿포로의 시내는 일본의 여느 도시들처럼 자전거로 이동하기가 참 편리했는데, 그건 삿포로가 계획도시라서 그렇단다. 도로가 사각형 격자무늬로 구획되어서 길 찾기도 편하고, 오르막길도 많지 않아 자전거를 타기에 최적의 도시였다. 자전거 일일권을 사서 맘 편히 돌아다녔다. 도시의 중심에 삿포로 TV 타워가 있어서 헤맬 걱정 없이 마음이 더 편했던 건지도 모르겠다.

해가 있을 때 찍는 풍경들이 가장 예쁘다는 것을 안 뒤로, 나는 어디를 가나 낮에는 빨빨거리며 돌아다니기 바쁘다. 그러다 밤이 되면 조금 마음이 누그러진다. 피곤하면 피곤한 대로 얼른 숙소에 가서 쉬어야지 생각하고, 정신이 말짱하면 또 말짱한 대로 공원이나 카페에 들어가서 바깥 구경이

나 해야지 싶은 것이다. 삿포로에서는 밤에 조금 천천히 걸었다. 휴대폰 배터리가 없어도 불안하지는 않았다. 어디든 무작정 걷다가 숙소로 가고 싶으면 삿포로 TV 타워가 있는 곳을 향해 걸었다. 거기에만 도착하면 어떻게든 숙소로 갈 수 있다는 걸 알았으니까. 꼭 등대 같았다. 마음 편히 나가서 놀고, 지쳤을 때는 언제든 편하게 돌아오라고 말해주는 것 같았다.

서울에서도 마찬가지인데, 술을 마시고 밤늦게 택시를 타고 집으로 가는 길에는 한껏 차올랐던 흥이 금세 걱정과 불안으로 바뀌고는 했다. 특히 택시 미터기의 경주마가 너무 빨리 달리면 그 불안함이 더 커지곤 했다. 그럴 때 저멀리 이마트 본사 건물이 보이면 내 마음이 조금 누그러지는 것이었다. '아, 이제 집에 거의 다 왔다. 여기서는 아무데서나 내려도 집까지 무사히 걸어갈 수 있겠어.'

나의 서른 살 삿포로 여행기에는 아래와 같은 문장이 적혀 있다.

서른 살이 되었어도 여전히 불안한 마음이 드는 건, 내가 인생에서 '등대를 찾으려는 마음'이나 '등대를 발견하는 안목'을 아직 갖추지 못했기 때문이 아닐까 싶다. 그런 건 누군가 알려주는 게 아니라 스스로 만들어야 하는 거겠지? 사람을 만난다면 그런 사람을 만났으면 좋겠고, 내가 그럴 수 있다면 그런 사람이 되어주고도 싶다.

일 년이 지난 지금, 여전히 아이 같은 내 모습이 미덥지 않아 피식피식 무안한 웃음을 짓는다. 등대를 찾으려는 마음도 예쁘고 등대를 발견하는 안목을 갖추는 것도 정말 중요한 일이겠지만, 지금 나에게 가장 필요한 것은 나 스스로를 등대처럼 생각할 줄 아는 마음이 아닐까 싶어서. 지금의 나에겐 등대 같은 사람이 '나'여야 할 것 같은 마음이 들어서. 이 사실들이 다행이면서도 불안하고, 좀 비벼볼 만한 일 같으면서도 우주만큼 아득하게 느껴지기도 한다.

편지를 쓰기에 가장 좋은 시간

상, 안녕. 지금은 한국으로 돌아가는 비행기 안이야. 마음에 정리할 게 많아서 혼자서 훌쩍 떠난 여행인데 돌아가는 길에는 어쩐지 쓸쓸함만 잔뜩 묻혀서 가는 것 같아. 어릴 적에 운동회에서 먹었던 밀가루가 가득 묻은 알사탕 같다. 입에 넣고 혀로 몇 번 굴려주면 사라지는 텁텁함이었으면 좋겠어.

정리하고 싶다면서 또 가방에는 이것저것 잔뜩 챙겨온 거 있지? 나는 변함이 없네. 두꺼운 소설책도 한 권. 시집도 두 권. 혹시 몰라서 노트북도 챙겼어. 여행을 다니는 내내 가방에 노트북이랑 책, 그리고 필통을 챙겨 다녔어. 그것들을 꺼내본 날도 있고, 전혀 꺼내보지 않은 날들도 있어. 어깨도 아프고 발도 아파서 그냥 거리의 쓰레기통에다가 가방을 몽땅 버리고 싶을 땐 내가 참 바보처럼 느껴져. 근데 아마 다음 여행에서도 그러고 있지 않을까. 이런 생각을 몇 달 전에도, 일 년 전에도, 삼 년 전에도 했던 것만 같거든. 그럴 때 내가 힘이 조금은 더 세진 남자여서 다행이라고 생각하고는 히죽 웃어.

나는 쓸쓸함에 대해 생각하다가 너에게 편지를 써. 가장 쓸쓸하고 외롭다고 추억하는 순간에 그래도 늘 내 옆에 있어준 네가 생각이 났다. 친구라는 이름으로 나는 너에게 주었던 것보다는 가져오고 뺏은 게 더 많은 것 같아서 미안하고 또 고마워. 나로 인해 그것들이 하나씩 사라지는 것을 지켜보면서도 너는 내 곁에서 사라지지 않아서 얼마나 다행이라고 생각했는지, 너는 알까.

그래도 조금은 멀리 떨어져 있기에 할 수 있다고 생각하는 이야기인데, 우리는 닮아서 이렇게나 가까워졌지만 그만큼 다른 점도 많이 있잖아. 내가 우리 엄마를 조금 덜 좋아하거나, 나 스스로를 가치 없게 여기고 싶어질 때 너는 말했어. 나는 너와는 그런 모습들에서 '다르다'고.

이런 순간도 있었지. 늘 넘치게 후회를 하는 내가, 지난 시간들이 후회로만 남는다고 말을 하면 넌 꼭 '그렇지 않다'고 바로 잡아줬어. 솔직히 가끔은 '그건 네가 너무 사랑받고 자라서 그래'라고 말하고 싶을 때도 있었지. 그래서 넌 아무것도 모르는 거라고. 사랑받고 자란 넌 그 점이 나와 아주 다르다고. 내가 이렇게 말한다면 넌 조금 놀랄지도 모르겠지만.

근데 지금에 와서 생각해보면 그런 마음을 끝까지 품어준 네가 참 대견하고 고마워. 그런 네가 있어서 난 삐뚤어진 열등감이 아니라, 열등감의 긍정적인 모습들을 응시할 수 있었어. 더 좋은 사람이 되고 싶다고 생각할 수 있었던 것 같아. 나도 너처럼 선한 것들이 가장 중요하다고 믿는 사람으로 살고 싶어졌다고 할까.

상아, 난 어른이 되고 나서야 이상형이 생겼어. 내 이상형은 사랑받으며 자란 사람이야. 아마 너를 보면서 그런 생각이 더 강해졌는지도 몰라. 자신을 사랑해주고 아껴주는 누군가가 분명히 존재한다고 믿는 사람들은 되게 강하게 자라더라. 우린 동갑인데 너를 보면서 늘 나보다는 조금 더 성숙하다고 느꼈던 것을 알고 있니? 힘들거나 무서운 일이 있으면 너에게 달려가고 싶기도 했어. 가끔씩 내가 뜬금없이 쏟아낸 이상한 말들과 고백들도 아마 그런 이유에서가 아닐까.

이 비행기가 서울에 도착하면 난 내일 출근을 해야 해. 나 요즘 진짜로 내가 뭘 하면서 사는지 모르겠어. 회사 가는 게 싫은 건 아닌데, 회사에서 하루에도 열두 번씩 마음이 왔다 갔다하고 사람들이 미워지고 화가 나. 이것도 모두 언젠가 가라앉을 마음일까? 이 엽서를 주려고 조만간 널 만날 텐데 그때는 어떤 대답을 들을 수 있을까. 혹시나 우리가 헤어지는 길에 네가 이걸 읽게 된다면, 다시 또 만날 날을 약속해줘. 너를 만날 두 번의 하루를 상상하면 내일 아무렇지 않게 출근할 수 있을 것만 같아서. 알고 있니. 넌 늘 내가 가장 좋아하는 친구였어. 상아.

대답하기
어려운 질문

1

나는 '요즘 어때?'라는 질문에 대답하는 일이 어렵다. 사실 그 질문은 정말 대답을 바라는 질문이라기보다는 안부 인사의 성격이 더 짙다는 걸 안다. 가볍게 넘기면 되는데, 나는 한참을 망설이다가 오히려 질문을 한 상대가 민망해져버릴 때쯤 '그냥 그렇지, 맨날 똑같지' 하고 얼버무린다. 그러면 상대는 그때부터 '아, 얘한테 무슨 일이 있구나' 하고 걱정하게 되는 거다. 이건 나의 안 좋은 습관. 어쩌면 이미 버릇이 되어버린 걸지도 모르겠다.

순간순간의 감정에 솔직해져서 대답하면 되는데, 왜 그게 힘이 드는지. 행복함이 조금 더 크게 느껴지는 날에는 행복하다고 말하면 될 텐데, 그렇게 말하고 나면 꼭 내가 그 행복을 잘 간수하고 있는지 누군가 검사할 것 같은 이상한 불안함에 사로잡혔다. 그럼 나중에 행복하지 않을 때 혹시나 누구라도 나를 연민할까봐 괜히 걱정을 했다. 또 반대로, 좋지 않은 순간이 찾아올 때에나, 애써 잠그고 있는 힘듦의 수도꼭지를 아무도 알아주지 않을까봐 미리 서운한 마음이 들었나보다.

참 바보같다. 내가 지금 마음껏 행복해한다고 해도, 내가 힘들었던 순간의 좌절과 그 좌절을 극복하려고 부단히도 애썼던 노력들이 사라지는 건 아닌데. 아무도 그것의 가치를 절하하지 않는데. 또 앞으로 나에게 그 어떤 힘든 일이 찾아온다고 해도, 이전에 내가 느꼈던 행복함은, 행복했던 그 순간들은 변함없이 진짜인데. 나는 사람들이 뭘 그리 알아줬으면 해서 나 자신의 마음도 있는 그대로 드러내지 못했는지. 자신에게도 완전히 솔직해지지 못할 때 사람은 늙는 것 같다.

2

유리잔에 담긴 주스가 반 정도 줄어들었을 무렵, 화가 요새 뭐 재밌는 일 없냐고 물어봤다. 자기에겐 재밌는 일이 없으니 우리 중 누구라도 재밌는 일이 있어야 하지 않을까 싶다고. 순간 머리털이 삐쭉 선다.

재밌는 일 없냐는 말을 요즘 많이 듣고 있다. 주변에는 다 재미없게 살아가는 사람들뿐인가봐. 화에게는 "치, 사는 게 왜 꼭 재밌어야 해?"라고 말했지만 아무리 생각해봐도 재밌는 일이 생각나지 않는다. 그럼 내가 잘못 살고 있나 하는 생각이 들고 속상하고 그래.

나는 책도 읽고, 영화도 보고, 그리운 사람들을 못 잊고 혼자서 이별했다가 돌아섰다가 또 일기장에 이름을 적고, 조그만 화분에 물을 주고, 청소를 하고, 계절이 지난 옷을 모두 정리했지만 이게 재밌는 일이냐고 물어보면, 아무래도. 아무래도.

화야. 내가 요즘 읽고 있는 책은 폴 오스터의 『뉴욕 3부작』이야. 봄의 시작에 읽기 시작한 책을 여름의 중간까지 가지고 왔어. 어떤 책은 마치 사람처럼 드문드문 찾게 돼. 조금씩 베어먹는 아주 진하고 쓴 초콜릿 같아. 이 초콜릿으로 내게 게으름을 허락해주는 거야. 우리가 찾고 있는 재밌는 일들은 뒷골목에 무성한 소문들처럼 금방 날아가버릴까봐, 금세 변하고 미련을 남길까봐 마음이 조급했어. 누군가의 눈과 귀와 마음을 단번에 사로잡을 수 있는 사람이라면 참 좋겠다고, 그런 재밌는 이야기를 품고 있으면 참 좋겠다고 생각하지만 그런 사람이 되지 못해도 괜찮아. 여행을 하고 있다고 생각하면 좋겠어. 낯선 것들은 삶의 계기를 갱신하고, 익숙한 것들은 살아갈 힘이 돼. 먹다 만 초콜릿을 찾아 집으로 가고 싶어.

미워할 용기가 없는데요

고민이 생겼다. 누군가를 미워하고 싶지 않은데, 미운 사람이 자꾸 생겨난다. 미운 사람을 미워하는 일이 마음을 무겁게 한다.

누군가를 미워하는 일.

모두가 입을 모아 좋은 사람이라고 말해도, 나에게 좋지 않은 사람이라면 그 사람은 결국 좋은 사람이 아니라고, 그러니까 죄책감을 느끼지 않고 그를 미워해도 된다고 예전에는 믿었다. 싫은 사람이 생기면 마음껏 싫어하고 미운 사람이 생기면 마음껏 미워해도 된다고 일기장에 적으며 많이 위안받았었는데 요즘의 나는 그 말들을 취소하고 싶어진다.

사랑하는 것만큼 미워하는 것도 힘이 많이 든다.

미운 사람을 미워하는 일이 얼마나 힘이 많이 드는지 알게 된 거다. 나는 누군가를 좋아하게 되면, 하루종일 아무것도 할 수가 없는 사람인데, 그건 온 마음을 다해 누군가를 생각하는 일이 굉장히 힘이 들어서 다른 일에 에너지를 쏟을 수 없기 때문이다. 그러면서도 나는 또 쉽게 반전이 되는 사람이라 그 사람도 나를 좋아한다는 생각이 들면 전에 없던 힘이 불끈 샘솟아 뭐든 할 수 있는 사람이 되지만.

미워하는 일도 사랑하는 일과 비슷한 것 같다. 미워하면 속이 시원해질 거라 생각했는데 미운 모습이 영영 사라지거나 희미해지지 않는다. 미워하기 시작하니까 물 만난 물고기들처럼, 미운 모습이 하나둘 더 많이 보인다. 그리고 그냥 넘길 수 있는 행동을 내가 미워하는 사람이 한다면 괜히 싫어진다. 알미운 마음이 드는 것이다. 이런 고민을 말하면 친구들은 말한다.

"그 사람이 너한테 소중한 사람이야?"

나와 상관없는 사람을 염려하고 신경쓰고 그러면서 스트레스를 받는 일이 가장 바보같은 거래. 아는데, 나도 아는데 쉽지가 않다. 나와 상관없는 사람이라고 생각하면 그냥 넘길 수 있겠지만 미워하기 시작하면서부터 나에게 상관있는 사람이 된다. 아니, 사실 잘 모르겠다. 나와 상관있는 사람이니까 미워하는 감정들이 생기는 건지. 그건 평소의 나와는 또 다른 괴로움이다. 가장 좋은 방법은 그냥 누군가를 미워하지 않는 것이겠지.

'좋은 사람들만 고민을 해.
더 좋은 사람이 되고 싶어서.'

SNS에서 이런 문장을 봤다. 울컥하는 마음이 들어 캡처해서 린에게 보냈다. 반나절의 시간이 지난 후에 린에게서 답장이 왔다. 이 글을 보고 '그래, 내가 바로 이런 사람이야' 하고 자기연민에 빠져 있던 나에게 그는 착각하지 말라고 했다.

"야, 너 착각하지 마. 너 좋은 사람 아니야."

스스로에게 좋은 사람이 되지 못하는 사람이, 어떻게 다른 사람에게는 좋은 사람이 될 수 있겠느냐고. 날카로운 핀잔이지만, 마음이 하나도 아프지 않은 말이었다. 아프지는 않지만 정곡을 찔러 부끄러워지는 말이었다. 어느새 닮고 싶은 사람이 되어버린 린의 말은 너무나 맞는 말이었다. 나 정도면 좋은 사람이야, 라고 생각하면서도 누군가를 끊임없이 시기하고 미워하고 또 그 마음을 상대에게 표현하지도 못해서 스스로를 미워하는 사람이면서.

지난번 상은 말했다. 미운 사람의 미운 점들을 그들에게 지적하지 못하는 나에게, 그어야만 하는 선을 긋지 못하고 망설이는 나에게, 미운 사람을 미워하기 싫으면 해야 할 말은 참지 말고 하라고. 선을 넘는 사람이 있으면 확실히 선을 그으라고. 그렇지 않으면서 불평만 하는 것은 아무런 도움이 되지 못한다고.

"내가 그러면 그 사람이 상처받을지도 모르잖아."

우물쭈물 이렇게 말하는 나였고, 상이 다시 물었다.

"상처받지 않았으면 좋겠다는 마음이 생길만큼 그 사람은 너에게 중요한 사람이니? 그만큼 소중한 사람이라면, 애초에 너에게 미움받을 행동을 반복적으로 하지 않을 거야. 어쩌면 너는 너와 전혀 상관없는 사람한테조차 미움받기가 싫어서 너 자신을 괴롭히는 걸지도 몰라."

잠자기 전, 불을 끄고 혼자 침대에 걸터앉아 하루를 돌아본다. 말을 섞고, 마음을 섞고, 오늘 하루 웃음을 섞었던 사람들에 대해 생각하면서 내가 내뱉은 문장에서 거짓된 친절함을 지운다. 존댓말을 반말로 고쳐본다. 포장을 벗기고 날것을 마주한다. 그렇게 내가 마주한 것은 내 가슴을 콕콕 찌르던 삐뚤어진 마음일 거다.

싹둑. 버릇없게 짧아진 문장만큼 미운 사람의 이름을 지워본다. 그들의 표정을 지워본다. 이렇게 한 명씩 한 명씩 지워가다보면, 내 옆에 남는 사람이 아무도 없을까 걱정되지만, 꼭 한 명만 내 곁에 남게 된다면, 나는 그 마지막 사람이 나였으면 좋겠어서. 내가 좋아하는 모습으로 가득한 나였으면 좋겠어서. 상관없는 사람들을 상관없이 생각하는 연습을 하고 있다. 내 주위를 맴도는 수많은 사람들을 내 편 아니면 적으로 나누는 것이 아니라, 그 사이에 무수히 '상관없는 사람'들이 존재한다고 생각하는 연습을.

미운 사람을 미워하면서, 또 미운 사람을 미워하지 않으려고 노력하면서 버티다보면 결국에는 내가 제일 미운 사람이 될 것 같은데. 맞아, 그건 더 싫으니까.

책을
선물 받는 일

날 좋은 시월에, 나 홀로 마음의 거리가 가까운 한 친구와 교보문고에 갔다. 아는 척을 하느라 매대 위에 놓인 책 한 권을 집으며 "이 책, 읽은 사람들이 참 좋대요"라고 했다. 읽지도 않았으면서 주워들은 이야기까지 보태서 책을 많이 읽는 척, 그럴 듯한 사람으로 보였으면 좋겠다는 생각을 했다. 집으로 가는 길, 친구는 종이봉투에서 아까 그 책을 꺼내 선물이라며 줬다.

"내 것 사면서 한 권 더 샀어요. 같이 읽어요."

책 선물은 단점과 장점이 있다. 몇 쪽 읽었는데 재미없으면 숙제처럼 느껴지고, 재미있으면 선물해준 사람이 더 좋아지곤 한다. 지난 가을, 서점에서 떠든 말들이 모두 '척'이었다는 게 확실해질 만큼 게으름을 피우고서야 책을 다 읽었다. 좀더 빨리 펼쳐볼걸. 다 읽고 나니 나도 이 책을 다른 사람에게 선물하고 싶은 마음이 든다.

또 언젠가는 이미 가지고 있는 책을 선물 받은 적도 있다. 지난겨울, 중요한 면접을 망치고 깊은 우울감에 빠져 있을 때 친구가 선물이라며 정성스럽게 포장한 책을 줬다. 풀어보니 『노르웨이의 숲』 리미티드 에디션.

"이미 샀을지도 모르겠는데, 네가 좋아할 거 같아서 샀어."

정답. 나도 너무 예뻐서 사놨었거든. 그래서 책꽂이에 같은 책이 두 권이 됐다. 친구는 '이미 가지고 있는 거라서 어떡하나. 다른 사람에게 줘도 괜찮다'고 말했지만, 이미 가지고 있는 책을 선물 받은 것에 나는 이상하게 기분이 좋다.

내가 이걸 좋아할 거라고
알아주는 사람.

내가 그 사람을 소중히 생각한다는 게 되게 고마운 일이라는 생각이 들었다. 이건 비밀인데, 사실 주머니에 단돈 만 원이 없을 때, 중고서점에 되팔 책들의 목록을 짜본 적이 있다. 그때 이 책도 목록에 포함됐었다. 같은 책이 두 권이니까 괜찮다고 생각했다. 이 책을 준 친구의 마음을 내가 소중하게 간직하고 있으니까 괜찮다고 생각했다. 내가 받을 수 있는 책값은 5천6백 원. 정말 많이 고민했지만 결국 실행하지는 못했다. 고마움과 감격은 마음에서 마음으로, 마음과 마음에만 품는 거라지만 5천6백 원으로 할 수 있는 다른 일에 더 큰 의미를 찾을 수가 없어서였다. 잠시나마 고민했던 것에 미안한 마음이 들었다.

나중에 가까운 지인이 카페를 열었을 때 내가 아끼는 책들과 함께 그 책을 선물로 놓고 오며 다행이라 생각했다. 작지만 사랑스러운 카페에 어울리는 섬세한 마음을 선물할 수 있어서. 두꺼운 그 책을 펼쳐보는 손님은 많지 않겠지만, 그 가게에 오고 가는 누군가에게 꼭 필요한 다정함일 수도 있을 테니.

101
I am
the hero
of my
own life.
A GUIDED JOURNAL BY BRIANNA WIEST

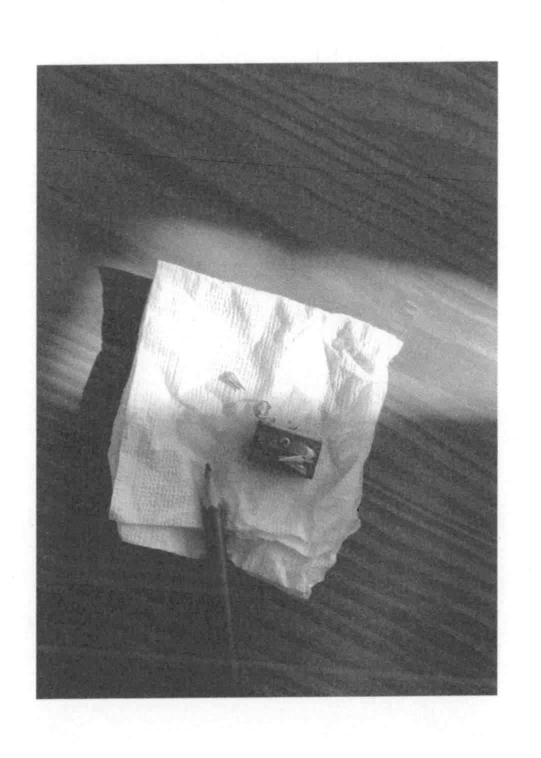

한 달 전부터 적는 생일카드

시간이 지나면서 취향도 바뀌는 것 같다. 예전의 나는 색깔 맞춤을 좋아하는 사람이었다. 비슷한 색상이나 비슷한 모양, 비슷한 크기의 물건들이 한 군데에 뭉쳐 있는 걸 좋아했다. 각진 노트북을 쓰면, 각진 스마트폰이 그 옆에 놓여 있는 게 좋았다. 그걸 보는 마음이 흐뭇했다. 카페를 가도 같은 브랜드의 테이블과 의자가 세트로 맞춰져 있는 게 고급스러워 보였다. 튀지 않는 무난한 색상, 쉽게 질리지 않는 어른스러운 취향을 닮고 싶은 마음이 컸다. 작은 걸 하나 사려고 해도 마음먹기까지 오랜 시간이 걸리는데, 세트로 나오는 물건들을 사는 일엔 더 많은 고민을 해야 한다는 걸 어렴풋이 알게 되는 날들이었다. 그랬던 내가 변했다.

똑같은 테이블과 의자가 아닌, 각기 다른 모양과 재질을 가진 것들이 놓인 곳이 좋다. 오늘 점심을 먹으러 간 식당은 개인용 쟁반에 주문한 메뉴가 담겨 나오는 돈가스 가게였는데, 세 젓가락 집어먹으면 모두 사라질 양의 반찬이 접시에 정갈하게 담겨 있었다. 접시는 모두 다른 모양. 각자 고유한 개성이 드러나서 참 예뻐 보였다.

한 달 전에 갔던 삼청동의 카페는 네모난 테이블과 동그란 테이블이 사이좋게 골고루 자리를 차지하고 있었다. 학창 시절 앉던 나무 의자와 초록색, 파란색 플라스틱 의자가 오밀조밀 섞여 있는 길고 커다란 사각형 테이블에서 편지를 적었다.

마음에 꼭 드는 곳들은 이상하게 차분한 느낌이 든다. 하나씩 뜯어보면 요란하고 야단법석인데 그 요란한 모양이 차분하게 어울린다. 그런 곳의 주인은 아끼는 것들을 어디선가 하나하나 모아왔을 거다. 좋아하는 것들이 서로 어울릴 수 있도록 많은 시간을 고민했을 거다. 서로 다른 것들의 어울림 속에서 결국 어떤 한 사람을 읽어낼 수 있어서 고맙고 다정한 마음이 들었다.

그러니까 아무래도 요즘은 급히 사들이지 않은 것들에게 마음이 빼앗기는 날들이다. 하나하나 고른 정성과 취향처럼, 손길이 묻어나는 것들이 마음을 헤집어놓고 간다.

—너 화에게 줄 생일 선물 샀어?

화의 생일날. 상에게서 연락이 왔다. 선물을 사야 하는데 뭘 사면 좋을지 모르겠다고.

—응, 나는 샀지. 얼마 전에 어디 놀러 갔다가 화에게 딱 어울리는 게 있어서 좀 미리 샀어.

내가 좋아하는 화. 사실 많이 이르게 화의 선물을 샀다. 멀리 있어서 자주 만나지 못하지만 언젠가부터 취향 좋은 곳에 가면 화가 좋아할 만한 걸 고르고 있다. 늘 깜짝 놀랄 만큼 내가 좋아하게 되는 것들만 선물해주는 화에게 나도 그런 선물을 해주고 싶었다.

'이유 없이 편지에 내 마음을 적어 전해주기에는 나는 너에게 부담스러운 사람일지도 몰라. 이유 없을 때 건네는 선물은 많은 의미를 담고 있잖아. 그래서 생일까지 기다리게 됐어. 네 생일 한 달 전부터 내가 카드를 적고 있었다는 걸 모르겠지. 급하게 쏟아내고 싶지 않은 마음들을, 보고 싶은 순간부터 꾹꾹 눌러 담고 있었다는 걸 정말 아무래도 모르겠지. 네가 자주 내 마음을 헤집어놓고 간다고 해서, 나도 네 마음을 헤집어놓으려는 욕심은 없어. 급히, 급히 쏟아내지 않으려 정말, 정말 오래 적어온 생일카드야. 그저 조금만 더 머물고 싶어서.'

어른이 되어 만드는 친구

어른이 되면 친구를 만들 수 없다는 말을 여전히 믿지 않는다. 내가 내밀고 상대가 잡은 손이나, 상대가 내딛고 내가 맞춰간 걸음들이 여전히, 여전하게 존재해서. 조금 아쉬운 부분들도 있다. 돈 없이 함께 시간을 보낼 수 있는 관계들이 점점 사라지는 것 같을 때가 그렇다.

학창 시절의 나는 그랬다. 할 게 없어도 친구를 꾸역꾸역 찾아갔다. 만난 이후에야 느긋하게 함께 할일을 정하거나, 할 일을 끝내 찾지 못한 적도 많았다. 목적지가 없어도 늘 시간은 갔다. 굴다리 아래를 함께 걷거나 동네 서점에 가서 최신가요 악보를 뒤적거리는 일, 문방구 앞에서 백 원에 한 판 하는 오락기를 구경하거나 빈 교회에 들어가서 마이크를 껐다 켜는 일, 드럼이나 기타 같은 그 멀게만 느껴졌던 악기를 만지고 소리를 내보는 일, 어젯밤 TV에서 본 연예인을 흉내내며 되지도 않는 성대모사를 하거나 농담을 주고받는 일.

목적이 없어도 추억은 쌓인다. 왠지 여행 같은 시절을 살았던 것만 같다. 하는 것이라고는 별게 없던 날들과 그런 사람들이 그리워졌다. 돈 없이, 하는 것 없이 존재하는 관계들이 여전히 소중해서, 그런 사람이 되고 싶다. '오늘 뭐할까? 우리 그냥 조금 걸을까? 아무데나'라 말하는 내게 '나 걷는 거 좋아해' 하고 말해주는 사람을 닮는 일같이.

당신의 친구들을 소개해주면 좋겠습니다

제가 당신의 친구들을 만날 수 있을까요. 오늘은 친구들을 소개해주면 좋겠습니다. 제 친구 하나는 부모님께 애인을 소개해줬대요. 늘, 결혼식장 들어갈 때까지는 어떻게 될지 모르는 게 연인 사이라고 떠들어대면서도 지금 이 순간 행복해 죽겠다는 표정을 지었어요. 말이 나오기 전에 표정만으로 납득이 되는 행복의 고백이었어요.

나는 우리 사이에는 우리가 가장 중요해서, 우리 말고는 무엇도 필요하지 않다고 생각했었지만, 어떤 마음의 크기는 증인이 필요할 만큼 커다랬어요. 커다란데 왜 증인이 필요하냐고 당신은 웃었지만 내 마음이 커다란 게 이유라고 말할 수밖에 없는 거예요. 비웃어도 좋습니다. 오늘은 친구를 소개해주면 좋겠습니다.

보물찾기

회사에서 근처 숲으로 봄소풍을 갔다. 김밥과 간식을 사 들고 돗자리를 펴고 앉아서 초록 잎사귀들이 흔들리는 걸 바라봤다. 어릴 적 추억을 떠올리며 보물찾기를 했다. 나뭇잎 사이, 가지의 끝, 돌담 틈, 솔방울 속을 살펴보는 게 마음이 설레는 일이 될 수도 있다는 것을 한동안 잊고 있었다. 어른이 되어 다시 한 보물찾기의 상품은 책 한 권, 노트 한 권. 이게 뭐 대단한 거라고 포장지를 뜯으며 함박웃음을 지었다.

보물찾기에서 중요한 건 늘 '보물'이라고 생각했었는데, 지금에서야 '찾기'가 더 중요한 게임이란 걸 깨닫는다. 보물이라는 말에 마음이 동해, 사람들이 찾아낸 보물이 뭔지 궁금해하기만 했었다. 내 것도 아닌 보물들을.

봄날의 숲을 천천히 살펴보다가 한 나무에 시선이 닿았다. 누군가 숨겨놓은 쪽지는 없었지만 이미 친구들을 다 떨쳐 보낸 꽃 한 송이가 남아 있었다. 아무도 숨겨놓지 않았지만, 그건 내가 찾은 보물이었다. 높게 솟은 나뭇가지들 사이로 햇빛이 비칠 때, 바다를 헤엄치는 꼬리들의 반짝임 같은 것들을 손바닥에 꽉 움켜쥐었다. 꼭 누군가 숨겨놓은 것을 찾을 필요는 없다는 생각을 찾아낸 순간이었다. 아무도 숨겨놓지 않은 보물들, 그러니까 내가 가지고 있는 보물들을 잘 찾고 지키며 살아가야겠다는 다짐 같은 걸 했다. 왠지 이번 주말에는 일기장에 소중한 것의 목록을 적어보고 싶어졌다.

초록빛의 기억을 떠올리며 소풍이라는 말을 소리 내어 발음해본다. 미소 짓게 되는 말이지만, 동시에 아련한 기분이 든다. 아침 일찍부터 자연스레 떠지는 눈, 가지고 갈 도시락, 그리고 그 도시락을 싸주는 우리 엄마. 이것들이 그날 내가 찾은 보물이다. 내일을 위한 재료들. 봄날처럼 산뜻한 기억이 너무 멀리 가버리지 않으면 좋겠다.

알려주지 않아도 알게 되는 일들

어색할 때 괜히 물을 따라 목을 자꾸 축이게 되는 것은 누가 알려준 일이 아닐 겁니다. 누가 알려주지 않아도 알게 되는 일들이 있습니다. 슬픈 표정을 짓고 있는 사람을 보면 조용히 다가가서 어깨에 손을 올리는 것. 이 계절이 지나가면, 지금 곁에 있는 사람을 볼 수 없을지도 모른다는 것. 기쁜 일에 호들갑스럽게 축하해주는 사람도 있지만, 자꾸만 생겨나는 시기 어린 감정과 다투다가 뒤늦은 눈빛으로 응원하는 사람도 있다는 것. 대개 그 눈빛 때문에 내가 행복해진다는 것.

귤 껍질

귤을 상자째 놓고 먹다보니 어느새 껍질이 수두룩해졌다. 껍질 더미 속에서 온전한 알맹이들을 찾느라 손을 휘휘 젓다가, 남은 귤이 얼마 없다는 걸 알게 되었다. 그제야 종일 보던 휴대폰 화면에서 눈을 떼고 고개를 들어 상자를 살핀다. 문득 내가 헤집어놓은 껍질들 사이로 상자의 헐렁한 밑바닥이 보이는 게 민망해서, 얼른 껍질을 모아 쓰레기통에 담았다.

눈에서 안 보이면 마음이 조금은 편해진다. 눈에서 사라지면 해결될 거라 생각한다. 사실 많은 일들이 그렇기도 하고. 잊어야 하는 사람이라든가, 명절날 밥상에 둘러앉아 듣지 않았으면 좋았을 가정마다의 사연들도.

집에서 전화가 걸려오면 “여보세요, 왜?”라고 말한 지 삼십 초도 지나지 않아 늘 급하게 마무리되는 우리의 전화. 엄마가 전화를 끊기 전에 차마 내뱉지 못하고 삼켜버리는 이야기가 있다는 것을 알면서도 나는 애써 묻지 않는다.

자취를 시작한 지 어언 이 년. 처음에는 계절마다 옷가지들을 가지러, 김치나 멸치조림 같은 밑반찬을 챙기러 자주 집에 갔었는데 요새는 명절이 되어서야 슬렁슬렁 찾아간다. 전화로는 삼켜두었던 얘기들이 얼굴을 보니 쏟아진다. 채워넣지 못한 빈틈의 향연.

엄마는 분명, 날씨가 금세 추워진다고 옷 따뜻하게 입고 다니라고 했는데.

할머니는 분명, 일하는 것도 좋지만 건강이 최고라고 쉬엄 쉬엄 일하라고 했는데.

또 엄마는 분명, 밥 거르지 말고 퇴근길에 뭐라도 사 먹고 집에 들어가라고 그랬었는데.

내가 알지 못하는 사연들이, 아니 사실은 알고 싶지 않아서 눈앞에서 잠깐 치워두었던 사연들이 겨울밤 가게 안으로 들어선 순간 안경알에 서리는 김처럼 눈앞에 찬다.

눈에 보이지 않으면 흐릿해진다고 생각한다. 그런데 그렇지 않은 것들도 많았어. 알면서도 흐르는 물에 띄워 보내는 이야기들, 사람들. 그 속속 사정들. 어쩌면 그게 내가 이렇게 제자리에서 살아가는 법일지도 모르겠다.

퇴근길

오 분만 돌아가면 한강을 따라 집에 갈 수 있다. 그 길에는 여기저기에 행복의 이유가 있다. 자전거 안전등을 켜고 달리는 것도 행복하고, 높은 빌딩을 볼 때마다 생각나는 친구들이 여전히 날 좋아한다고 생각하면 행복하고, 막차 걱정 없이 심야영화를 볼 수 있는 극장이 있어 행복하다. 출근은 언제나 하기 싫지만, 같은 마음으로 출근하는 동료들의 표정을 떠올리며 또 금세 마음이 풀려서 행복하고.

"두번째로 슬픈 사람이 첫번째로 슬픈 사람을 생각하며 쓰는 게 시(심보선, 「형」)"라는 시구처럼 가장 행복한 사람을 위해 내 행복을 나열하는 순간, 이 순간이 행복하다. 그러니 그 사람, 꼭 가장 행복했으면 좋겠다.

마음만큼 말이 빠르지 않은 사람

나는 말로 표현하는 게 느린 사람이었다. 아니, 마음만큼 말이 빠르지 않은 사람이다. 그래서 사람들이 먼저 '미안해' '고마워'라는 말을 한다. 늘 내가 할말이 없었다. 미안해나 고마워 뒤에 마땅한 대답을 찾을 수가 없었다. 한 번씩 웃기만 했다. 마음에 자꾸만 뭔가 쌓였다.

지각

지각하고 싶지 않은데 잘 지켜지지 않는 다짐입니다. 어릴 때부터 늘 조금씩 늦는 사람이었습니다. 일 분을 늦어서 교문이 닫히고 오리걸음으로 운동장을 돌고, 그때 오리걸음을 걷다 만난 친구와 지금도 함께하고 있습니다.

난 사랑에도 언제나 조금씩 늦는 사람이 되었습니다. 미안하다는 말을 하면 뭐해. 정말로 미안하다는 생각에 어쩔 줄 몰라 하면 뭐해. 늦지 말았어야 했습니다. 우리가 조금만 더 일찍 만났으면. 조금만 더 일찍 그 마음을 알아챘으면. 조금만 더 일찍 용기를 내었으면. 조금만 더 일찍 충분히 마음을 주었으면. 조금만 더 일찍 네가 좋아하는 노래를 들었으면. 한 이불을 덮고 고요함 속에서 심장소리를 들을 수 있었으면. 마음을 접기 전에 조금만 더 일찍, 더 일찍이요.

지각하지 않았더라면 좋았겠지요. 공기가 차가워지기 시작하는 계절, 해가 지는 속도처럼 빠르지 않고, 이렇게 느린 나를, 무책임한 나를 기다려주었으면 좋았겠지요. 그래. 결국엔, 내가 여전했으니까요. 지각하지 않았더라면 참 좋았겠지요.

지금,
옆

좋아한 게 아니라고는 생각 못하겠다. 눈을 보면 떨렸고, 밤에 달이라도 올려다보면 분명히 더 예쁘게 보였다고 생각해. 다만 당신은 언젠가 더 좋은 사람, 더 마음에 꼭 맞는 사람이 나타날 거라고 그런 생각을 했던 거지. 여전히 난 섭섭하고, 그랬을 당신이 안쓰럽고, 이 세상이 더 아름다워져서 보고 싶은 사람들이 모두 서로 보고 살았으면 싶고.

지금 옆에 있는 사람이 좋았다. 다만 내가 언젠가 더 좋은 사람, 더 꼭 맞는 사람이 나타날 거라고 그런 생각을 했던 거지. 그랬지. 우리가 그랬지.

같은 계절을
반복하는 사이

지난 여름휴가를 같이 간 친구들과 이번 여름휴가를 또 함께해서 행복했다. 누군가를 좋아해보면 알게 되는 것 같다. 같은 계절을 반복할 수 있는 사이란 얼마나 값지고 소중한지. 계절의 사이사이마다 웃고 떠들 수 있는 기억이 남아 있다. 우리의 사이사이마다.

어느새 가을이 도착했다. 같은 계절을 한 번 더 반복하고 싶었던 나의 사람들은 다들 어디에선가 잘 지내고 있겠지.

여름이면 친구 아버지의 차를 빌려 타고 바다로 갔다. 넌 운전해야 하니 술은 한 잔도 마시면 안 된다고 당부하고서 아쉬움에 찡그린 친구의 얼굴만큼 나도 시무룩해진다. 취하지 못하는 건 친구인데, 그걸 아쉬워했던 지난 시절의 나. 해가 지날수록 조금씩 달라지는 우리의 모습을 보며 궁상맞게 슬픈 표정을 지었다. 백미러로 훔쳐봤다면 미안. 나이를 먹어도 늘 똑같지 못한 우리가 난 왜 늘 아쉬운지.

좋은 사람들을 만나거나 황홀한 순간을 겪으면, 나는 내가 앞으로도 예쁘고 좋은 것들만 보고 살 수 있기를 바라게 됐다. 그런 사람들을 마주하고 있으면 그들에게는 내가 오늘 얼마나 힘들었는지, 속수무책의 상황들 속에서 얼마나 땀을 많이 흘렸는지, 형편없는 사람들 사이에서 얼마나 속이 상했는지 털어놓지 않는 삶을 살고 싶어서. 꼭 너는 그런 걸 전해서라도 듣지 않기를 바라면서.

좋아하는 사람이 생기면서 삶을 바라보는 태도가 바뀌기도 한다. 너와 나는 피할 수 있는 건 피하고, 굳이 겪지 않아도 되는 슬픔들은 겪지 않으며 살아간다면 좋겠다. 친구들과

휴가를 갔다가 차가 막힐까봐 서둘러 떠난 귀갓길엔 늘 아쉬운 마음이 엉킨다.

늦여름의 오후. 파랗던 하늘이 노란빛으로 물들어갈 때, 운전대를 잡은 친구는 눈이 부시다며 볼멘소리를 했지만, 그 옆에 앉은 나는 자꾸만 아쉬워지는 마음을 웃음과 함께 창문 밖으로 던졌다.

그리고 안전벨트를 풀었다 다시 맨다. 이건 내 버릇. 황홀한 순간이면 안전벨트를 한 번 더 꽉 당겨 맨다. 이 기분으로 조금 더 살고 싶다는 혼잣말이다. 내가 사랑하는 사람 옆에서 나도 꼭 행복한 사람으로 남아야지. 꼭 곁에 있어야지. 이제부터, 그리고 앞으로도 오랫동안.

애써
붙잡는 마음

자꾸만 어깨를 기대고 싶은 걸 참았다. 나란히 앉아 영화를 볼 때면 영화 속 이야기에 집중하는 것만큼, 자꾸만 기우는 어깨를 바로잡는 데 신경을 썼다. 그럼에도 불구하고 기대고 싶은 마음이, 가서 닿고 싶은 마음이 3도씩 그 사람에게로 기우는 건 내가 막을 수가 없는 일이었다. 가만히 내버려두면 이미 바닥에 닿았을 마음을 오뚜기처럼 당기느라 늘 무거운 돌멩이 하나를 몸속에 지니고 다녔다.

누군가에게 3도씩 마음이 기우는 사람들을 만나면, 괜히 반갑고 미안하고 응원하고 싶은 마음이 생긴다. 흐르는 강물의 반대 방향으로 노를 젓는 사람처럼, 기우는 마음을 붙잡아보려 수백 번 견인한 노력들이 자꾸만 생각나서. 3도씩만 기울도록 애써 붙잡는 내 모습이 거기에 겹쳐서.

우리들의 딸기

망설이게 되는 일들이 있다. 집에 오는 길에 딸기를 사는 일이 그렇다. 딸기는 왠지 조금 사치 같은 기분이 든다. 그래서 딸기를 먹는 날은 조금 특별한 날이다. 친구가 우리 집에 놀러오거나 내가 친구 집에 놀러갈 때.

이번 설에는 마트에 들러 딸기를 두 박스나 샀다. 알이 아주 크고 싱싱한 것들로 골라서. 보고 싶은 얼굴들. 거실에 빙 둘러앉은 모습을 상상하며.

바보같게도 엄마도 딸기를, 이모도 딸기를 사 가지고 할머니 집에 모였다. 다들 같은 마음이었는지.

기다리는 마음

숙제를 열심히 하면 개학이 기다려지고, 공부를 열심히 하고 시험을 보면 성적표가 나오는 날이 기다려졌다. 누군가의 선물을 정성껏 준비한 날엔 내 생일도 아니면서 그 사람이 태어난 날을 손꼽아 기다리고는 했다.

아직 내가 있는 곳은, 아직 내가 하는 일은, 아직 내가 바라보는 방향은, 아직 내 곁에서 함께 발맞추어 걷는 사람들은 그런 마음이 들게 만드는 사람이다.

나는 열심히 해서 보여주고 싶다.

터널

오랜 친구들과 강원도 어느 마을로 놀러가는 길. "우리나라에서 제일 긴 터널을 지나겠습니다"라고 친구가 말해줘서 숨 참기에 도전했다. 터널을 다 지날 때까지 숨을 참으면 소원이 이루어진다는 얘기를 들은 적이 있었다. 10km가 얼마나 긴 건지 가늠하지 못해서 얼마 못 가 포기해버렸지만 자꾸만 반복되는 긴 터널이 고마웠다. 나는 빌어야 할 소원이 많으니까.

뒷좌석에 앉아 백미러로 친구의 얼굴을 훔쳐봤다. 나는 백미러로 보이는 사람들의 이마가 좋다.

"너도 소원을 빌었니?"

"나는 행복해지고 싶다고 빌었어. 우리가 같이."

얼굴을 보면서 하기엔 조금 창피한 말도 할 수가 있고.

잡지처럼 좋아하는 마음

어떤 일은 잡지를 읽듯이 해야만 했다. 맨 앞 장부터 한 글자도 빠짐없이 읽어내려가기보다는, 한번 쓱 훑거나 마음에 드는 부분을 골라 더듬으면서 읽기. 누군가에게 덜 상처받고 싶을 때는 내가 그 사람을 이런 마음으로 좋아할 수 있으면 참 좋겠다는 생각을 했다.

문자메시지를 무시해도 좋은 토요일 오후에 한가한 모양의 햇볕이 드는 책상에 앉아 설렁설렁 페이지를 넘겨보는 마음으로 좋아할 수 있다면 좋겠다고. 첫 장부터 정독하지도 않고 온 신경을 집중하지도 않고. 눈길과 마음길을 모두 빼앗겨 괜히 기대하고 또 괜히 실망하지 않으면 좋겠다고. 계간지처럼, 계절이 지나면 차곡차곡 쌓이는 사람이라는 걸 조금 더 무던하게 알게 되면 좋겠다고. 꼼꼼하지 않게 좋아하는 마음을 품고 싶다고.

다정을
조심

다정하지 말자는 다짐을 자주 한다. 사람들이 나에게 바라는 건 친절함이지 다정함이 아니라는 것을 자꾸 까먹는다. 다정함은 누가 바라서 하는 게 아니니까, 그 책임은 다 나에게 있다. 스스로 먼저 다정해지면 덩달아 마음도 말랑해져서 작은 말에도 이리저리 자국이 남는다.

지나치게 다정한 사람들을 조심해야 한다.
다정해서 끌리는 사람들도 조심.

나 있이,
변함은 없이

언젠가 '모두가 다 열심히 했겠지만 이번 수능은 내가 제일 잘 봤으면 좋겠어요'라고 적어놓은 한 수험생의 일기를 봤다. 우리는 모두 그 마음을 안다.

그래서 나도 당신이 가장 행복했으면 좋겠다고 적었다가 '당신'을 '우리'로 바꿔 적었다. 내가 정말 바라는 게 그게 맞을까 걱정이 되어서. 거짓말쟁이가 되기는 싫어서.

모든 이타심은 이기심에서 비롯된다고 했다. 내가 정말로 좋아하는 사람이니까 나도 함께 행복하고 싶다. 그의 행복을 정말로 바라지만 나 없이 말고, 나 있이였으면 좋겠다.

Almond blossom

우리가 만난 지 얼마 지나지 않아 곧 내 생일이었다. 괜히 부담인 것 같아 말하지 않고 있었는데 글쎄 어떻게 알아버렸는지 생일 축하한다며 너는 커다란 봉투를 내밀었다.

그때 네가 건네준 'Almond blossom'을 여전히 내 방 한편 선반에 세워놓고 지낸다. 고흐를 너무 좋아해서 네덜란드에 갔다고 했는지, 네덜란드에 갔다가 고흐가 더 좋아졌다고 했는지 잘 기억나지 않지만, 가장 아끼는 그림이라고 그랬다. 구겨질까 겁나서 트렁크에도 넣지 않고 직접 들고 비행기를 탔다 말하며 배시시 웃었다. 그 순간 뱃속부터 고마움이 차올랐다. 창피하게도 나는 가장 소중한 걸 누군가에게 주기가 여전히 어려운데, 그래서 정말 좋아하는 건 두 개씩 사야 마음이 편한데. 어떻게 넌 그런 사람일 수 있었을까.

지난밤 퇴근길에 동네 극장에서 〈러빙 빈센트〉라는 영화를 봤다. 영화를 보는 내내 네 생각이 났다. 너는 고흐를 여전히 좋아할까. 'Almond blossom'이 가장 아끼는 그림인 것도 그대로일까. 가장 아끼는 걸 나에게 주었던 사람.

Almond blossom: 빈센트 반 고흐, 「꽃 피는 아몬드 나무」

보석과 마음과 편지

선물에 관한 생각이 바뀌었어요. 예전에는 오래 남아 있는 것이나 내 돈 주고 사기 아까운 것, 실용성은 없어도 예쁘고 특이한 걸 좋아하는 사람에게 주고 싶어했었거든요. 특별한 선물을 준 특별한 사람으로 기억되고 싶었던 거예요. 그런 것들을 여전히 좋아하지만, 취향을 알아주는 것은 여전히 감격이지만, 어느 날 방 청소를 하다가 선물로 받고서 한 번도 사용하지 않았던 물건들을 정리하는 순간을 맞이했죠. 아까워서 포장도 뜯지 못한 것들도요. 지금 생각해보면 물건들을 아껴온 게 아닐지도 몰라요. 사실 그 물건들보다 그걸 준 사람들의 마음이 예쁘고 고마워서 그것들을 아끼고 또 아꼈던 것 같아요. 당연하게도요. 예전의 나는, 써버려서 금방 사라지는 것이나 먹어서 없어지는 건 선물로 별로라고 생각했는데, 요즘은 아니에요. 지금 나에게 꼭 필요한 물건이나, 순간순간 기분을 돋워주는 맛있는 음식들을 선물 받으면 그만큼 좋은 게 없더라고요. 선물은 낡거나 사라지지만, 마음은 변함없이 남으니까요.

어떤 선물이 좋을지 고민하다가 결국, 보석과 마음과 편지입니다. 내가 줄 수 있는 건 그것뿐이에요. 보석 같은 마음과, 마음 같은 편지와, 보석함에서 반짝이는 우리들의 추억입니다.

보석과 마음과 편지. 그게 나의 선물이에요.

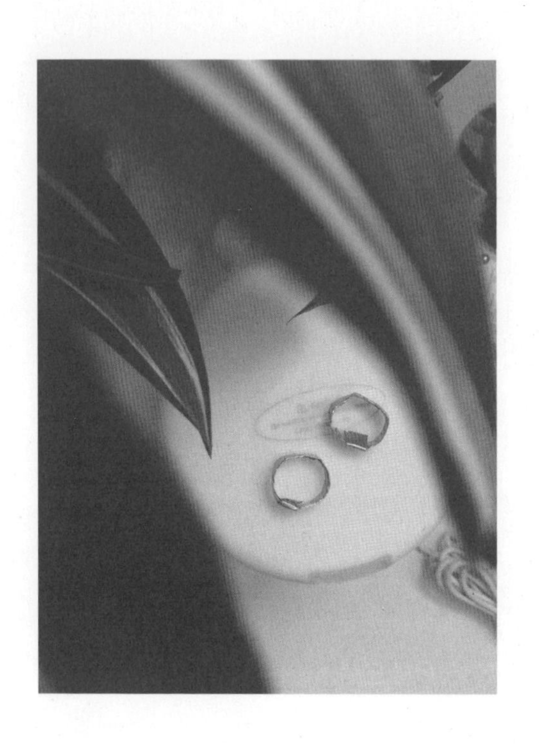

IWC

보고 싶은 사람들 모두 보고 살았으면

초판 1쇄 인쇄 2019년 11월 20일
초판 1쇄 발행 2019년 11월 28일

지은이 안대근

책임편집 박선주
편집 이희숙
모니터링 양이석
디자인 김선미
제작 강신은 김동욱 임현식
마케팅 최향모 이지민
홍보 김희숙 김상만 오혜림 지문희 우상희
관리 윤영지

펴낸이 이병률
펴낸곳 달 출판사
출판등록 2009년 5월 26일 제406-2009-000034호

주소 10881 경기도 파주시 회동길 455-3
dal@munhak.com
dalpublishers

전화번호 031-8071-8683(편집) 031-8071-8670(마케팅)
팩스 031-8071-8672

ISBN 979-11-5816-104-0 03810

• 이 도서의 국립중앙도서관 출판예정도서목록(CIP)은 서지정보유통지원시스템 홈페이지(http://seoji.nl.go.kr)와 국가자료종합목록 구축시스템(http://kolis-net.nl.go.kr)에서 이용하실 수 있습니다. (CIP제어번호 : CIP2019045146)